双葉文庫

ストーブ列車殺人事件

西村京太郎

目次

十津川警部
ストーブ列車殺人事件

第一章　三月五日　雪

1

井上昭《いのうえあきら》は津軽五所川原《つがるごしょがわら》駅にいた。

三月五日昼すぎ、周囲は、一面の雪景色である。

正確にいえば、井上がいたのは、津軽鉄道《つがるてつどう》の津軽五所川原駅である。それは、津軽鉄道という地方の小さな私鉄にふさわしい、小さな駅舎だった。

ちょうど今から一年前、友人の菊地順二《きくちじゅんじ》は、この駅からひとりで、ストーブ列車に乗り、太宰治《だざいおさむ》が生まれた金木《かなぎ》にいった。そして、白一色の雪原のなかで自殺したのである。

そして今、井上は、一年前に、菊地が乗ったに違いないストーブ列車に、乗ろうとしている。

井上は、これから、菊地順二と同じように、金木を、訪れようとしていた。すべて菊地と同じルートを、通りたいと思ったので、津軽鉄道が持つ観光列車、ストーブ列車に、乗ることにしたのである。

津軽鉄道では、一日三往復のストーブ列車を走らせていて、それが、観光客の間で、大きな人気に、なっていた。去年、菊地はストーブ列車に乗り、太宰の生まれ故郷である金木に、向かったのである。

津軽五所川原駅の駅舎に入る。切符売り場の脇に大きな紙に、赤い字で、

〈ストーブ列車　九時三二分　一一時四五分　一四時一〇分〉

の、三本の列車の発車時刻が書いてあった。

一年前、菊地は、二番目の一一時四五分発のストーブ列車に乗ったのである。だから、井上も、今日は、二番目、一一時四五分に津軽五所川原駅を出発するストーブ列車に、乗ることにした。

ストーブ列車が発車するまでには、まだ二十分近い時間があるのだが、ほかの普通列車に乗る気はなく、井上は、駅舎で、時間をつぶすことにした。

ストーブ列車に乗るには、ストーブ列車券を買う必要がある。

井上は、窓口で、金木までの乗車券五五〇円と、ストーブ列車券四〇〇円の合計九五〇円を払って、二枚の切符を、手に入れた。

駅舎に掲げられている時刻表、そこには、

〈当駅から金木まで二十三分、終点の津軽中里《つがるなかざと》まで四十一分〉

と、書かれている。

ストーブ列車は、津軽鉄道の売りものらしく、時刻表の上には、

〈ストーブ列車運転、津軽の温かい人情が燃えるレトロ列車　十二月一日から翌年の三月末日まで〉

と、書かれてあった。

地方の鉄道は、そのほとんどが赤字で、何とか乗客、特に、観光客を集めようと、時刻表の両脇には、

〈心も涼しい風鈴列車　七月一日より八月末日まで〉

とあり、反対側には、

〈私たちが育てた金木の鈴虫列車　九月一日より十月中旬まで〉

と、夏と秋に走らせる特別列車の宣伝まで書かれてあった。

2

十一時四十五分が近づいたので、井上はホームに入っていった。

雪こそ降っていないが、風が強く、やたらに寒い。

ホームに置かれたストーブの周りには、一一時四五分発のストーブ列車を待つ乗客たちが、ストーブを囲んで集まっていた。

ストーブ列車に乗る時の乗客の注意という掲示もある。

一、煙突がかなり高温になっていますので、火傷にご注意ください。
二、ストーブの上に生もの、汁もの、油が出るものは置かないでください。
三、吹雪の日は窓から雪が吹きこむことがありますので、ご注意ください。
四、走行中は危険ですので、デッキに出ないでください。
五、雪のため床が滑りやすくなっていますので、ご注意ください。
六、ストーブの前の座席は、お互いに譲り合いましょう。

昔の日本人なら、冬はダルマストーブ、夏は扇風機だから、いちいち、注意書を出さなくてもよかったのだが、今は観光列車でもストーブを置く時には、これだけの注意が必要なのだろう。もちろん、井上自身もダルマストーブに出会うのは、今回が初めてである。

ストーブ列車は、ディーゼル機関車が牽引する二両の客車で成り立っていた。客車一両には、前後の二カ所にダルマストーブが置かれている。井上は、二両目の車両に乗った。

車掌がストーブに石炭を入れていった。ダルマストーブの近くの座席が、すぐ満員になった。

車内販売の男女二人がやってきた。男性のほうは、

〈ストーブどら焼き一五〇円、石炭クッキー三五〇円、お茶一五〇円〉

という大きな札をつけて、車内販売をしている。

女性のほうは、

〈缶ビール三五〇円、スルメ五〇〇円、ストーブ酒三五〇円〉

という札を見せての車内販売である。

ストーブ列車の宣伝ポスターには、ダルマストーブの上にのせた網で、スルメ

を焼く写真が載っているので、乗客も車内販売で、スルメを買う者が多かった。宣伝写真と同じように、ダルマストーブの上で、そのスルメを焼いている。

井上は、ストーブ酒を二本買って、ダルマストーブから少し離れた座席に腰をおろした。どうせストーブが赤くなれば、車内全体が暖かくなる。そう思ったからである。

酒を飲みながら、窓の外を見つめた。

どうしても頭に浮かんでくるのは、今から十年前、男三人に女二人が集まって始めた同人雑誌のことだった。

十年前、新聞の広告欄を使っての、菊地順二の呼びかけに応じて、菊地を含めて男三人、女二人、合計五人の、いずれも十代後半から二十代、三十代の若者たちだった。それから十年間もまさか続くとは思わなかった。井上自身、本を読むのは好きだが、作家になろうという気はなかった。

大石俊介《おおいししゅんすけ》、二十三歳。大学を出てIT産業の会社に就職したばかりだった。

井上自身は、当時二十五歳。新宿《しんじゅく》区役所に勤めて一年という地方公務員の新人だった。

岸本《きしもと》はるか、二十二歳。彼女は西新宿のアパレルメーカーで働いていた。

一番若い山崎晴美《やまざきはるみ》は十九歳。ＯＬの一年生だった。

五人のなかで一番文学青年らしかったのは、一番年上で、三十歳になっていた菊地順二である。

同人雑誌「北風」を本来なら一カ月おきに、一年間に、六冊は出すつもりだったが、怠け者の集団で、一年に二冊出すのが精一杯だった。何しろ本気で、小説を書いていたのは、呼びかけ人の菊地順二、ひとりだけだったからである。

したがって、同人雑誌「北風」に載っている小説も、ほとんどが、菊地順二の書いたものだった。菊地は大変な太宰治ファンで、三十歳で太宰の真似をして「老年」という小説を書いたり、太宰の文体を真似た奇妙な作品を発表したりしていた。

そして、去年の三月五日、菊地順二はひとりで太宰治の故郷、金木に旅行し、一面の雪景色のなかで、自ら命を絶ってしまったのである。死因は、尊敬する太宰治と同じ薬の中毒である。その薬を、いったいどこから手に入れたのかはわからなかった。

それに、なぜ、菊地が自殺をしてしまったのか、その理由もいまだにわからないのである。

同人雑誌「北風」の代表者だった菊地順二が死に、その上、始める時から決めていた、目安の十年になったので、誰ということもなく、同人雑誌「北風」は廃刊することになってしまった。

井上も今年で三十五歳になり、結婚話があって来年の春には、結婚することになった。それが決まって、文学青年から足を洗う気になったのである。

そんな時、もう一度、菊地順二が死んだ太宰治の故郷、金木に、いってみる気になったのである。

窓の外は、相変わらず一面の雪景色である。井上は手を伸ばして、酒瓶を手に取り、残っていた酒を一気に飲み干した。

案の定、賑わっていたダルマストーブの周辺は、熱くなりすぎたためか、乗客たちが敬遠して、少し離れた座席に移っていった。まもなく金木である。乗客の多くが、この駅で降りた。

駅の掲示を見ると、今まで井上は「金木＝かねぎ」だと思っていたのだが、ローマ字の表記では〈金木＝ＫＡＮＡＧＩ〉となっている。

駅の周辺は残雪があったが、道路は綺麗に雪が片づけられていて、列車を降りた乗客たちが、いい合わせたように、太宰治の生家、斜陽館《しゃようかん》に向かって歩いていった。

相変わらず古めかしい家で、

〈国指定重要文化財　太宰治記念館　斜陽館〉

と、なっている。

なかに入ったが、前にきた時ほど、井上は感動しなかった。それは建物だけは残っているが、なかの主、太宰治がすでに亡くなってしまっているからだろう。

斜陽館は、前にきた時ほどの観光客の姿はなかった。外からきた人間には、こ

の斜陽館には太宰治の匂いがなくて、抜け殻だけがあるような、そんな気がする

からだろうか。

井上は、斜陽館のなかの寒さに辟易して、早々にそこをあとにすると、通りの向こうにある津軽じょんから節をきかせる津軽三味線《つがるじゃみせん》会館のほうに入っていった。

こちらのほうは、斜陽館とは違って、賑やかである。

津軽三味線が響き、演者が入れ替わり立ち替わり、津軽じょんから節を唄う。

井上は、その会館でしばらく津軽じょんから節をきいてから外に出て、近くの食堂で、月見とろろうどんを食べ、体を温めてから、菊地順二が死んでいた場所

に向かった。

井上は、道路を北に向かって十五、六分ほど歩き、そこで靴を履き替えて、白一色の雪原に踏みこんでいった。足を雪に取られながら、道路を離れてさらに十五、六分歩く。前方に小さな川が見えてくる。

その岸辺に、道祖神《どうそじん》が二体、立っていた。その道祖神のそばで、菊地順二は、死んでいたのである。

その翌日、同人たち四人でここにきて、雪のなかに小さな墓標を立てた。

〈太宰治のファンだった菊地順二、三十九歳、ここに眠る〉

と、書いた木の墓標である。

一年経った今、ここに、きてみると、その墓標は、雪のなかに、倒れていた。

井上は膝をつき、雪のなかからその墓標を掘り起こして、道祖神のそばに、もう一度立て直した。

同人四人は、これからばらばらになってしまうだろう。もう二度と再び、揃ってここにくることもないだろうと、井上は思うと、すぐには、その場を立ち去ることができず、雪のなかにしゃがみこんでしまった。

菊地が、ここで、自殺をしてから正しくは一年と一日。いまだに、菊地がなぜ自殺をしたのか、その理由がわからないのである。

むしろ疑問に思えたのは、自殺する一カ月前、正確には三十五日前の一月末、ある雑誌の新人賞に、菊地が入選していたからである。もちろん、たった一回の新人賞、それも短編小説の賞をもらったくらいで、すぐにプロの作家になれるという保証はない。

しかし、少なくとも励みにはなっていたはずである。何しろ九年もの間、同人雑誌をやっていて、同人のなかで、最もプロの作家になることに、憧れていたのは、菊地順二だったからである。

井上から見れば「北風」は、まるで菊地のために作られた同人雑誌のようなものだった。それに、小説を書いていたのは、ほとんど菊地だったからである。

九年間の努力の末に、やっと、手に入れた新人賞といってもいい。

それなのに、わずか一カ月後に、どうして、自殺してしまったのか？　それがどうにもわからないのである。

風が強くなり、井上が立て直した墓標が、また倒れてしまった。

それを起こして、墓標についた雪を落としているうちに、井上は、墓標の裏側にも文字が書いてあることに、気がついた。

去年、井上たちが集まって、この墓標を立てた時には、裏には何も、書かなかったはずである。少なくとも井上には、何かを書いたという記憶はなかった。

それなのに、黒のマジックで、何か文字が書いてあるのである。

井上は、墓標についた雪を払って、その文字を確認した。

〈真実を語らずに死んだ友よ〉

これが墓標の裏に、マジックで書かれていた文字だった。

井上は、その墓標を立て直さずに、もう一度、雪を払うと、そのまま持ち帰ることに決めた。

3

井上は、五所川原に戻ると、一年前の事件の時にいろいろと世話になった、五所川原警察署にいき、その時、話をすることが多かった、岩本という刑事に会った。

岩本刑事に会うのも一年ぶりである。

「あれからもう一年ですか。月日が経つのは早いものですね」

と、岩本刑事も、感慨深げだった。

そんな岩本刑事に、井上は、現場から持ってきた墓標を見せた。

「裏を見てみたら、何だか変な文字が書いてあったので気になって、持ってきてしまいました」

と、井上が、いった。

「なるほど『真実を語らずに死んだ友よ』ですか」

岩本刑事は、その文字を口に出して読んでから、

「しかし、あなたの友だちが自殺したということは、間違いのない事実ですよ。一年前、われわれが、あれだけ調べましたが、他殺の要因は何ひとつとして見つかりませんでしたからね」

と、いった。

「ええ、もちろん、それはよくわかっているのですが、一年間ほうっておいた間に、誰かが書いたらしいのです。いったい誰が、こんなことを書いたのか、ひどく気になりましてね」

と、井上が、いった。

「ちょっと待ってください」

と、いって、岩本刑事は席を外し、去年の捜査の時に作った日誌を持ち出してきた。

「あの時は、皆さん全員が、どうして菊地さんが自殺をしたのか、その理由がまったくわからないといわれましたよね？　遺書はありませんでしたし、プロの作家を、目指していたのに、途中で自殺するのはおかしいと、いわれましたね？」

「そうなんです。みんな、菊地さんが、自殺したことが、どうしても、信じられませんでした」

「しかし、われわれ警察がいくら調べても、他殺の線はありませんでしたよ。その点は、そちらも同じでしたよね？　菊地さんという人は、人に恨まれるような人ではなかったし、女性関係や金銭問題で、何かトラブルになっているようなこともなかったと、あなたもいわれた」

「そのとおりです。私たちは、突然の同人の死をどう受けとめたらいいのか、それがわからなくて困っていました。菊地さんには、自殺する必要もないし、人に殺される理由も、ありません。それなのに、どうして死んでしまったのか、それがどうにも、わからなかったのです」

「しかし、自殺の衝動というのは、突然くるものなんじゃないですかね？　私の知り合いにも、家庭が円満で、息子さんも立派で、誰からもあの家の父親は恵まれている。うらやましいといわれていたのに、突然、六十歳の父親が、自殺してしまったことがあるんですよ。その時も、誰もが、自殺する理由がない。そういって、首をかしげていたのですが、あとになってから、その父親は突然、自分が生きていても仕方がないという、そんな思いにとらわれて、それで、自殺をしたことがわかりました。殺される理由というのは、調べていけば何とかわかりますが、自殺の衝動というのは、他人には、なかなか、わからないものじゃありませんかね」

と、岩本刑事が、いった。

「しかし、ここにきて、菊地さんが、自殺をするはずがないという理由が二つ、見つかりました」

と、井上が、いった。

岩本刑事が、笑って、

「そのうちのひとつは、例の新人賞をもらったことでしょう？」

と、いった。

「そうです」

「しかし、あなた自身いっていたじゃありませんか。新人賞を、もらったくらいでは、プロの作家になれる保証は、何ひとつない。そういったはずですよ」

と、岩本が、いった。

「たしかにそうなんですが、菊地さんにとって、少なくとも、励みにはなったはずです。新人賞をもらったあと、一向に、芽が出なかったのなら、それが、自殺の理由になるかもしれませんが、菊地さんの場合は、違います。新人賞をもらってすぐに、死んでいるんですよ。新人賞をもらったので、これから先、どうなるのかも、しらずに死んでしまったんです。そして、この墓標の裏に書かれた文字です」

と、井上が、いった。

今度は、岩本刑事も、笑わなかったが、

「これは、単なる、悪戯ということも考えられるんじゃありませんか？」

と、いった。

「そうでしょうか？」

「ここの人たちも、あの場所に墓標が立てられていたことを、しっていました。しかし、なかには、そのことを、しらない人もいましてね。何だろう、あれはと、不思議がって、いたんですよ。その人たちのなかに、悪戯書きをする人が、いてもおかしくはないと思いますよ」

と、岩本刑事が、いった。

「それでも、ここに書かれている文字が、どうにも、気になって仕方がないんです」

と、井上が、いう。

「それでは、井上さんには、何か思い当たることがあるんですか？　亡くなった菊地さんが、同人の皆さんに、何か大事なことを隠しておきたいことかがあったんですか？」

と、岩本が、きいた。

「その点は、まだ、何もわかりません。しかし、何となく、気になるじゃありませんか？」

「それでは、もう一度おききしますが、菊地さんという人は、どういう人なんですか？」

「私たちは、五人で『北風』という同人雑誌を出していたんですが、五人のなかで一番の年長者であり、一番熱心に同人として活動していたのが、菊地順二さんだったんですよ。私たちは菊地順二さんがプロの作家になるんではないかと、期待していたんですよ。そうしたら、新人賞をもらったので、これでいよいよ、菊地順二さんも、プロになれるかもしれないと、思っていたんですが、突然、自殺してしまいました。どう考えても、納得できないんですよ。そう思っていたら、今度は、墓標の裏に書かれた、この文字です。たしかに、思わせぶりな言葉で、岩本さんがいうように、悪戯書きの可能性もありますが、真実という言葉が、妙に気になりましてね。もし、一年前に、菊地順二さんに何か秘密があって、そのために死んだ、あるいは、殺されたんだとすると、この文字がぴったりとくるんですがね」

と、井上が、いった。

岩本は、肩をすくめて、

「しかし、あなたにも、その秘密が、何なのかはわからないわけでしょう？　その答えが見つかったら、すぐに私にしらせてくれませんか？　その時には、私のほうから上司に頼んで、一年前の菊地さんの死を、もう一度、調べてもらいますよ」

と、いってくれた。

4

井上は次に、去年三月五日に菊地順二が、救急車で運ばれた五所川原病院に、いってみた。ここで菊地を診てくれた、伊原《いはら》という若い医師に会うためである。

しかし、五所川原病院は、救急病院も兼ねているので、伊原医師も、忙しいらしく、彼の手が空くまで待たなければならなかった。

結局、伊原の手が、空いたのは、午後四時に外来の診察が終了したあとだった。

「疲れていらっしゃるところを、大変申しわけございません」

と、まず、井上が、頭をさげた。

「いや、構いませんよ。お待たせしてしまって、こちらこそ申しわけありませんでした」

若い伊原が笑って、いい、病院の休憩室で、自動販売機の缶コーヒーを、飲みながらの話になった。

「井上さんとお会いするのは、たしか、一年ぶりですね」

と、伊原が、いった。

「ええ、それで、今日、菊地さんが死んだ場所に、いってきました。そこに、私たちは、墓標を立てていたんですが、墓標の裏に、こんな文字が書いてあったんです」

井上は、伊原医師にも、その墓標を、見せた。

伊原は、コーヒーを、飲みながら、そこに書かれた文字を目で追っていたが、

「いったい誰が、こんな文字を、書いたのか、井上さんはわかっているんですか？」

「いや、まったくわかりません。実は、こちらにくる前に、五所川原警察署に、いったんですが、岩本刑事さんも、誰が、いつ、何のために書いたのか、まったくわからない。想像もつかないといって、首を、かしげていました」

「そうでしょうね。しかし、何か、思わせぶりな言葉ですね」

と、いって、伊原が、笑った。

「そうでしょう。それが、私も、気になっているんです」

と、井上は、続けて、

「実は今日、一年前に亡くなった菊地さんが通ったのと、まったく同じルートで金木にいってみたのです。そうしたら、一年前には、おかしいとは、思わなかったことを、今日はおかしいと、思うようになりました」

「どういうことですか？」

と、伊原が、きく。

「菊地さんは去年の三月五日に、この五所川原にやってきたんですが、その時、ストーブ列車に、乗っているんです」

「ストーブ列車に乗ったことが、不思議なことなんですか？」

「菊地さんは、太宰治が好きで、尊敬していましたから、当然まっすぐに、金木にいって、自殺したとばかり思っていたんです。ところが、今回、調べてみたら、菊地さんは、わざわざ一列車遅らせて一一時四五分発のストーブ列車に、乗っているんです。去年の事件が起きた時は、別におかしいとも思わなかったんですが、今回は、おかしいと思いました」

「それのいったい、どこが、おかしいと思ったんですか？」

「太宰治のファンなら、一刻も早く金木にいって、斜陽館に、いきたいと思うはずでしょう？　それなのに、菊地さんは、なぜか、三十分近くも待って、観光列車のストーブ列車に、乗っているんですよ。ストーブ列車は、どう考えても、太宰治とは関連がありません」

「あなたも今日は、一一時四五分発のストーブ列車に、乗った。つまり、そういうことですね？」

「そうです。三十分以上待ってから、わざわざ一一時四五分発のストーブ列車に、乗りました」

「それでどうでした？」

「楽しかったですよ。スルメを焼く匂いもしていたし、車内販売で売っていたお酒を買って、それを飲んで、いい気持ちにもなりました」

井上が、笑った。

「自殺を考えている人間が、わざわざ普通列車を外して、ストーブ列車に乗ったのが変だと、あなたは、考えているわけですか？」

と、伊原医師が、きいた。

「そう考えてもいいですよ。どう考えてもおかしくありませんか？」

「いや、私は別に、それほど不思議だとは思いませんけどね」

「どうしてですか？」

「例えば、仮に、自殺願望があったとしても迷っていたんじゃないか。死にたいが、死ぬのも怖いと、迷っていたんじゃないか。そんな時、自殺願望のある人というのは、わざと、わけのわからない行動を取るそうです。何とかして自殺しないですむようにしようと、どこかで願っているので、わざと、面白いところにいってみたり、いつもは、会わない人間に会ってみたりするんだと、きいたことがあります。何とか、自殺する気持ちをなくしたいと、無意識のうちに、考えているというのです。したがって、去年、菊地さんが、ストーブ列車に乗ったあとで自殺したとしても、別におかしくはないと思いますよ」

「それだけじゃありません。金木に着いてから、菊地さんは、まず、太宰治の生家である、斜陽館にいきました。これはよくわかるんです。ところが、その後自殺したのではなくて、斜陽館の向かいにある津軽三味線会館にいって、津軽じょんから節を、きいているんですよ」

「それも、今、私がいったように、楽しいことをいろいろと見ききして、何とか自殺をしないですむようにしたいという、願望があって、そのために、菊地さんは、わざわざ、津軽三味線会館にいって、津軽じょんから節を、きいたりしたのではないでしょうか？　ですから、別におかしいことじゃないんですよ」

と、伊原が、いった。

「そういうものですか」

「自殺をする人間の、心理というものは、常識では、なかなか、理解できませんから。専門の医師でも、相手の心理を読み取ることは難しいといいますから」

と、伊原が、いった。

何かはぐらかされて、拍子抜けしたような気分で、井上は、伊原とわかれ、その夜、五所川原に泊まることにした。

井上は、岩本刑事や、伊原医師に会ったことで、すっきりするより逆に、胸に引っかかるものが生まれてしまった。

そこで、翌日、もう一度、一一時四五分発のストーブ列車に乗って、金木にいくことに決めた。そうしないと、何か、胸にわだかまりを残したまま、東京に、帰ることになりそうだったからである。

井上が乗った、その日の一一時四五分発のストーブ列車にも、昨日と同じような、ダルマストーブがあり、車内販売では、スルメやお酒を売っていた。

ただ、制帽姿の車掌は、違っていた。昨日は二十代の、若い車掌だったが、今日は、四十代と思われる中年の車掌である。

車掌が石炭をくべ終わるのを待って、井上は、持ってきた菊地順二の写真を、中年の車掌に見せて、

「この写真の人が、去年の三月五日に、このストーブ列車に、乗ったはずなんですが、覚えていませんか？」

と、きいた。

車掌は、写真をちらっと見てから、井上に向かって、

「この人ですが、もしかすると、金木で自殺した人ではありませんか？」

と、きき返した。

「そのとおりですけど、この人を、覚えているんですか？」

「もちろん、よく、覚えていますよ。何しろ、このあたりでは、あんなことは、めったにありませんからね」

と、車掌が、いった。

「それじゃあ、菊地さんのことを、しっているんですね？」

「もちろん、金木まで一緒でしたから」

と、車掌が、いう。

「ほかにも、お客さんは、乗っていたんでしょう？」

「ええ、そうですね。たくさん、乗っていました」

「それなのに、どうして、菊地さんのことだけを、覚えているんですか？」

と、井上が、きいた。

「ストーブ列車のことを、いろいろと、きかれたからですよ。普通のお客さんが、きかないようなことをきいてくるんです」

「なるほど。どんなことを、きかれました？」

「例えば、勤務時間とか、ストーブ列車がない夏の間は、どんな、勤務形態になっているのかとか、それから、仕事以外の時は何をしているのかとか、そんなことまで、いろいろときかれました」

と、車掌が、いう。

「どうして、菊地さんは、そんな、細かいことまで、きいたんでしょうか？」

「私も、その点が、不思議でしたから、同じ質問をしました。そうしたら、何でも出版社に頼まれて、書き下ろしの長編小説を、書かなくてはいけなくなった。それで、自分の好きな太宰治の生まれた金木と、五所川原の間を、冬の間だけ走っているストーブ列車と、それに太宰治を尊敬している女子大生の旅行を、結びつけて、作品を書きたいので、いろいろと取材をしている。できれば、あと二、三回は、こちらに、取材にくる予定だから、その時も会って、ストーブ列車のことを、教えて下さいと、いわれました」

「車内での菊地さんの様子は、どうでした?」

と、井上が、きいた。

「スルメを焼いて、食べて、にこにこしながら、私に、質問していましたよ。今もいったように、ストーブ列車の詳しい話とか、津軽鉄道は、いつから営業が始まったのかとか、どんな乗客が多いのかとか、そういうこともきいていましたよ」

と、いってから、車掌は、思い出したように、

「あ、それから、お酒が、好きらしくて、カップ酒を、飲んでいましたね。それでも、あまり酔ってはいないようでしたから、きっと、お酒が、強いんでしょうね。いろいろきかれて、取材だといわれたので、ストーブ列車を舞台にした本が出るのかなと思って、期待をしていたら、その日のうちに金木の雪原で、自殺してしまったというじゃありませんか。びっくりしましたよ。書き下ろしの長編小説を書くんだといって、一生懸命に、私から話をきいて、手帳にメモしたりして

いたんですからね。自殺するなんて、夢にも、思っていませんでしたよ」

と、車掌が、いった。

井上は、金木で降りると、昨日と、同じように、津軽三味線会館の近くにある食堂で、食事をしながら、菊地順二に、新人賞を与えた出版社に、電話をした。

新人賞担当の編集者に、書き下ろしを頼んだかどうかを、きいてみた。

「うちの場合、新人賞を受賞された人には必ず、書き下ろしを一本、頼むことにしているんですよ。なかには、どうしても書けなくて、書き下ろしを、出せなかったこともありましたが、突然、自殺してしまったというのは、今回の菊地さんが、初めてですよ。菊地さんは、とても張り切っていて、津軽鉄道のストーブ列車を舞台にした作品を書きたいといっていたので、こちらとしても、大いに期待していたんですが、まさかこんなことになるとは思いませんでした。残念です」

と、編集者が、いった。

5

井上は東京に帰ると、津軽鉄道できいた話を、伝えようと、同人だった三人に、電話をかけた。

ところが、三人とも、井上の話に耳を貸そうとはしなかった。

サラリーマンの大石俊介は、

「僕も去年の春、ようやく、係長になれましたし、今度、結婚をすることにもなったので、同人雑誌のことには、もうあまり、興味がないんですよ」

と、いった。

二人の女性のうちのひとり、岸本はるかは、現在三十二歳である。五年前に結婚して、去年、初めての子供も、生まれている。

「今は子育てに忙しくて、もう同人雑誌には、あまりかかわれません」

と、いった。

一番若い山崎晴美は、現在二十九歳になっていた。十九歳の時に同人雑誌「北風」に入ったので、その時は、ひとかどの、文学少女だったが、現在は、ネイルの、勉強が忙しくて、ほかのことを考えている余裕はない。来年の秋には、アメリカにネイルの勉強にいくというのである。

結局、誰ひとりとして、井上の話に乗ってこなかった。

それでも、井上は、五所川原や金木、あるいは、そこにいくストーブ列車のなかで、きいた話は、忘れることが、できなかった。

そこで、菊地順二に新人賞を与えた出版社に、もう一度、電話をした。

自分は、菊地順二たちと一緒に「北風」という、同人雑誌をやっていた。菊地順二は新人賞をもらうと、書き下ろしを一本書かせてもらえる。そのことをしっていて、一生懸命に取材して、ストーブ列車を舞台にした長編小説を考えていた。

今、その原稿が、どこにあるのか探しているところなので、見つかったら、ぜひ、読んでくださいと伝えた。

「わかりました。その時は読ませていただきます」

と、いってくれた。

その時、井上が考えていたのは、菊地に代わって、自分がストーブ列車を舞台にした長編小説を、書いてみようということだった。

突然、わき出してきた思いである。

同人雑誌「北風」を出していた間、発表された作品は、ほとんど、菊地の書いたものだった。

井上が書いたものは、たった二編だけである。しかも、自分と、その周辺の人々を書いた私小説である。

それを読んだ菊地は「日本の私小説は、間違いなく滅びるね」と、いったのだ。その時は、井上自身も、日本の私小説は、滅びゆく代物だなと、思ったのだが、今は、違っていた。

（菊地の自殺の謎を解くには『北風』発足当時からのことを手記として書くしかない）

と、いう気に、井上はなっていた。

かつて、一編だが「北風」に載せた小説で、井上は、仲間の同人たちのことを、書いた。

もちろん、菊地のこともである。あの続きを書き、作品が完成したら、井上は、自費出版でも世に問うつもりになっていた。

6

暖かい晴天が続き、東京でも桜の開花がみられ、本格的な春の訪れを告げていた。

めずらしく、これといった事件もなく、十津川警部と亀井刑事は、北条早苗刑事が淹れてくれたお茶を飲みながら、のんびりと桜の開花や春の話題などでひとしきり談笑に興じていた。

そんなのんびりした気分を打ち破るように、事件の一報がしらされ、十津川警部がその事件の捜査を担当することになり、現場に向かった。

場所は、新宿三丁目にある七階建て雑居ビルの、三階の一室だった。

現場には規制線のテープが張られていた。そこにいた警備の警察官が、ひとりの女性を連れて、十津川に近づいてきて、

「こちらは、第一発見者で警察に通報してくださった、被害者の奥さんの岡本《おかもと》渚《なぎさ》さんです」

と、いった。

被害者は、D大学文学部教授で文芸評論家としても活躍している、岡本裕三《おかもとゆうぞう》、五十五歳。

「主人とは昨夜から連絡がとれず、なにかあったのではと心配になり、事務所を訪れたら、ドアの鍵があいていて、なかに入ったら、血まみれで倒れている主人を、発見したんです」

「岡本さんは、よく外泊されることがあるんですか」

と、十津川がきいた。

「主人は、学会の会合やこちらで仕事をして遅くなっても、自宅へ戻りますし、事務所に泊まる時は必ず連絡をしてきました」

「そうですか。岡本さんは、最近大学のことで悩んでいたような様子や女性問題とか金銭トラブルに巻きこまれていませんでしたか」

「いいえ、主人は学生たちからも慕われていましたし、そのようなトラブルの話は、きいていませんが……」

「そうですか。またお話をおききすることになると思いますが、今日のところは、お帰りください」

と、十津川はいい、現場の部屋へと入っていった。

部屋のなかでは、鑑識がフラッシュを焚いて写真を撮ったり、指紋の採取をおこなっている。

十津川は亀井を呼び、

「カメさん、部屋のドアの鍵がかかっていなかったことをみると、被害者は自分が殺されるとは夢にも思わず、犯人を部屋に入れた可能性が高いね。おそらく、

「岡本とは顔見知りだったのではないかね」

と、十津川はいった。

「その可能性は、充分にありますね」

と、亀井がいった。

十津川は、部下の刑事たちに、事務所内にある手紙や写真の類を、すべて残らず集めるように指示した。

十津川は、部屋のなかを見回した。

壁には、岡本裕三が撮ったと思われる、ストーブ列車の写真が、パネルにして何枚か飾ってあった。

また、資料文献やパソコンで書かれた原稿などが乱雑に置かれた部屋の中央に、大きなデスクがあり、二台のパソコンが置かれていた。

「パソコンが二台なんて、何に使うんだ」

と、呆れたように亀井がいい、デスクの付近を見回した。

大きなデスクの引き出しをあらためていた亀井が、白い封筒を取り出して、

「あれ、これって脅迫状じゃないですかね」

と、十津川にいった。

手渡された手紙を読んだ十津川は、

「カメさん、これは確かに岡本裕三に宛てた脅迫状だよ」

と、いった。

遺体は仰向けに床に倒れていた。手首を結束バンドで縛られ、首には細い紐が巻きつけられていて、腹部に数カ所、鋭利な刃物で刺された跡があった。

遺体のそばで作業をしていた検視官に、十津川は、

「死亡推定時間は、いつごろですかね」

と、きいた。

「詳しいことは、解剖して調べてみないとわからないが、おおよそ昨夜の午後九時から午後十一時頃の間だと思われるね」

と、検視官はいった。

そこへ亀井がやってきて、

「警部、室内を物色した形跡もありませんし、岡本裕三のものと思われるカバンのなかに財布が残っていて、十五万円近い現金が盗られていないところをみると、物盗りの犯行ではなさそうです」

「カメさん、私も遺体の状況からみて、犯人は岡本裕三を、そうとう恨んでい

て、あの残忍な殺害をおこなったと思うね」

と、十津川はいった。

遺体は司法解剖のため、大学病院へ運ばれていった。

新宿警察署に捜査本部が設置された。

さっそく捜査会議がおこなわれた。

最初に司法解剖の結果が報告され、

「被害者の直接の死因は、細い紐で首を絞められた窒息死で、そのあとに鋭利な刃物で腹部を数カ所刺された。死亡推定時間は、一昨日の午後九時から十時の間と思われます」

その報告をきいたあとに、三上本部長が、

「十津川くん、君はこんどの事件をどう考えているんだ」

「私は、怨恨による殺人だと思っています」

と、いった。

「その理由はなんだね」

「第一に、殺害方法が非常に残忍きわまりないですし、デスクの引き出しからみつかったワープロで書かれた脅迫状です。封筒には消印がありませんでしたので、自分で持参して郵便受に入れていったのだと思われますし、裏には偽名と思われる名前が書かれていました」

「その脅迫状にはどのようなことが、書かれていたんだね」

と、三上本部長がきいた。

「被害者の岡本裕三は、文芸評論家としても活躍していて、出版社の主催しているT賞やF賞の予選選考委員をしています。脅迫状には、自分の応募作品が予選を通過しないのは、すべて岡本裕三が落としているからだ、というような恨みつらみが述べられていました」

「それなら、その脅迫状を書いた人間は、T賞やF賞の応募者たち全員を当たれば、おのずとたどりつけるんじゃないのかね」

「私もそう考えておりますが、T賞とF賞の応募者数は、千名を超えておりますので、すべてに当たるには、かなりの時間を要すると思います」

と、十津川は説明し、捜査の重点をT賞やF賞で予選落ちした応募者を当たることを、部下たちに指示して、一回目の捜査会議は、終了した。

第二章　私（井上昭）の話

1

自分のことと「北風」という同人雑誌のことを書くためには、十年前に遡らなければならない。

私はその頃、今もそうだが、新宿区役所に勤める地方公務員で、事務をやっていた。住んでいたのは、京王《けいおう》線の、布田《ふだ》という小さな駅から歩いて十五、六分のところにあるアパートである。

その頃の私は、何となく文学青年で、かの有名な戦前からの同人雑誌「F」の会合に時々出席していた。といっても、同人になっていたわけではなくて、毎月一回の会合に、会費を払って時々出席していたにすぎない。

同人雑誌「F」からは、何人かの有名な作家が生まれていて、時には会合で、その作家が、小説についていろいろと話をしてくれるという、そうした楽しみがあった。

もうひとつの楽しみは、この「F」では十枚までの短編を書いて出すと、それを雑誌に載せてくれることだった。

とはいっても、一行何円かの掲載料を払わなければならないのである。それでも時には、有名な作家である同人から、感想をきかせてもらえるのではないかという、そういう楽しみと期待もあった。

ところが、ある時の会合で、同人が書いた短編が、同人によって、こてんぱんに批評されてしまった。

有名作家の同人は、優しい批評を、口にしてくれるのだが、古手で無名の同人は、日常の不満をその小説にぶつけるのか、きいていた私の気持ちが、悪くなってしまうほどのやっつけようだった。

私は、その時から、同人雑誌「F」に短編を書いて載せてもらうことを、諦めてしまった。

そんな時に、同人雑誌「北風」の誘いがあったのである。

リーダーは何といっても、菊地順二だった。最初に集まった同人は、五人で、よくも十年間続いたものだと思う。それぞれに親しみを感じ、時には反発を感じていたのだが、五人のなかのひとり、岸本はるかとは一年間、同棲していたことがある。

「北風」という同人雑誌のことをしり、そこの同人となったあとでしったのだが、岸本はるかと私とは京王線の布田駅で降り、私は駅から十五、六分のところにあるアパート、彼女のほうは、駅近くのマンションに住んでいたことがわかった。

その頃、駅前に、小さな喫茶店ができて、そこで一緒にコーヒーを飲んだりすることもあった。その時突然、彼女に、

「一緒に住みませんか?」

と、誘われたのである。

一瞬、私は、自分が女にもてるようになったのかと、甘い感情を持ったのだが、彼女の申し出は、もう少し現実的で、まともなものだった。

その頃彼女は、西新宿のアパレルメーカーで働いていて、将来はファッションデザイナーになるつもりだったという。京王線の駅近くにマンションを借りたの

だが、部屋代が高い。そこで、一緒に住んで、部屋代の半分を持ってもらえないかという、そんな申し出だったのである。

彼女は、私のためらいを別の意味に取ったのか、

「こう見えても、私は料理が上手なのよ。だから今日、夕食にご招待するわ。それを食べてから決めて」

と、いわれた。

その日の夕食に、私は、のこのこ出向いていき、夕食を、ご馳走になった。肉料理であることは覚えているが、どんな味だったのか、今は覚えていない。

とにかく、その日から、いや、正確にいえば翌日から、私と彼女は、奇妙な同棲を始めたのである。

その時、彼女は、

「同人の人たちには、このことは、内緒にして」

と、いう。もちろん私としてもそのつもりだった。

かくして、私にとって楽しかるべき同棲が始まったのである。部屋代は今までの七割くらいですんだし、何よりもアパートには風呂がなくて、近くの銭湯にいっていたのだが、彼女のマンションには、小さいながらも風呂がついている。

それに、何よりも女性である。

ところが、同棲生活が始まると、彼女のほうはやたらと忙しくて、一緒に住んでいながら会う時間がほとんどないのである。

朝食は何とか作ってもらえるのだが、夕食は楽しみにしていたのに、ほとんど作ってもらえず、その上、夜遅く、ほとんど毎晩酔っ払って帰ってきて、バタンと眠ってしまうので、抱くこともできない。

それでも、男女の仲というのは、何となくできてしまうもので、それがあったからそのまま一年間、同棲できたのだと私は、思っている。

その同棲生活のなかで、彼女が一番神経質だったのは、ほかの同人三人に、自分たちの同棲がしられることだったと思われる。とにかく、その件については、やたらに神経質なのである。

私のほうは別に、秘密にしなくてよかったし、時には彼女と一緒に住んでいることを喋りたい欲求に駆られたが、彼女がやたらにいやがるので、とにかく一年間我慢を続けた。

このあたりで、当時のほかの同人の話も書いておこう。

何といっても菊地である。同人雑誌「北風」の代表者だった菊地は、真剣に作家として名を挙げたいと切望していた。

それだけに、私やほかの同人とは意気ごみが違っていた。もちろん「北風」にもしばしば原稿を寄せていたが、そのほか、さまざまな懸賞小説にも応募していた。最初わからなかったのは、菊地が別の名前で応募していたからである。

その原稿を書く時間がほしいというので、会社勤めもせず、アルバイト的な仕事を続けていた。

最初のうちはなぜ、菊地は、そんなにアルバイトばかりしているのかと思ったが、今にしてみれば、小説を書く時間がほしかったのである。

それがわかってからも、私は菊地に対して別に悪い意識は持っていなかった。とにかく彼が必死であることが、よくわかったからである。

山崎晴美は、十年前に入ってきた時、ＯＬの一年生だった。その後も「北風」の同人をやめなかった。最初は変わった女性だと思っていたが、彼女の人生について、うすうすわかってくると、同人をやめなかった理由も、次第に推測できるようになった。

彼女の父親は、ある雑誌の編集長を、やっていた。母親は、ある有名な作家と、同棲生活をしたことがあるという。成人した彼女は、気のせいか、大作家、小沼圭介《こぬまけいすけ》に面立ちが似ていると、私は思っていた。

たぶん、彼女は、小沼圭介と母親との間に生まれた子供で、幻の父親の小沼圭介の跡を追って、作家になっていくのではないか。その時に、十年間の「北風」の同人だった頃のことを、どんなふうに書くのか、いまからそれが楽しみである。

私は、この一番若い同人に、今でも興味を持っている。なぜ「北風」のような小さな同人雑誌にいて、やめようとしないのか。最初は、それが不思議だった。同人の菊地は、むきになってやたらに小説を書いている。二人の女性は、同じ女性なので話をしにくかったのか、彼女は、うすうす気がついていた私に、自分の気持ちを話してくれた。それを、書いておきたい。

小沼圭介は、日本を代表する作家である。その娘の一美《かずみ》は、ここにきてS賞を受賞し、一人前の作家として、特に大作家の娘として、脚光を浴びている。

そんな時に、山崎晴美のほうは、小沼圭介の娘として扱ってくれなかった。出版社のなかには、うすうす小沼圭介の娘だとしっていても、それを書くところはなかった。

そこで、彼女は、どこかで文壇と関係を持ちたい。だが、無名の今は、目立つ場所には敬遠されて、入ることができない。そこで選んだのが小さな同人雑誌の「北風」だというのである。

私は、彼女の話を、すべて信じた。嘘をついている感じがしなかったからである。

彼女は、大事な宝物として、自分が、子供の頃、あの小沼圭介と遊んだ写真を、一冊の小さなアルバムとして持っていた。それは間違いなく彼女の子供の時の写真であり、あの小沼圭介の若い頃の写真である。

「どうして、小沼圭介は、君のことを認めないんだろう？　作家というのはもう少し、自由なものだろう」

と、私がきくと、晴美は、

「奥様が怖いんです」

と、いった。

小沼圭介には、十歳若い奥さんがいて、その奥さんが、怖いという話をきいたことがある。

その上、ひとり娘の一美がいて、ようやく作家として一人前になった。そのひとり娘を守りたいという母親としての、気持ちもあるのだろう。

「しかし、君はどうしたいんだ?」

私がきいた。

「一度でいいから、あの有名作家の本当の娘として、認めてほしいんです。そのあとは、構いません」

と、彼女がいう。

「しかし、君には両親がいる。それでは満足できないのか?」

「それは、よくわかっています」

と、晴美がいう。

「それに今は、一美さんが一人前の作家になっています。できれば、そういう娘さんと争うようなことは、したくはない。できれば、ひとりで生きていきたいのです。ただ、その前に、あの有名作家の娘だと認めてもらえれば、財産なんかいりません。生きていく勇気が湧くと思うんです」

私はある時、小沼圭介が三鷹《みたか》の公会堂で日本の美について、講演するという催しをしった。私は会ってみたくて、講演会に、出かけていった。

早くいって最前列の席を取ろうとすると、驚いたことに、その最前列の一番端に、晴美が座っていた。やはり本当の父親の顔を見たかったのだろう。その講演がどんなものだったのか、私は、はっきりとは覚えていない。

何よりも終始、晴美の様子が気になっていたからである。

彼女は、講演が終わる少し前に、姿を消していた。

そこで私は、講演終了後に同人雑誌「北風」の名刺を小沼のマネージャーに渡して、ぜひ会っていただきたいと告げた。

会ってもらえるとは思わなかったが、意外にも、三十分だけ会ってもらえることができた。

その時に、小沼圭介がいった。

「私にも、同人雑誌で苦労していた時代があってね。似たような文学青年に会うと、つい、声をかけたくなるんだ」

と、いった。

「しかし、私が先生に会いたかったのは、ほかの理由です」

と、いい、山崎晴美のことを話した。すぐには返事がなかったが、

「彼女のことはしっている」

と、いった。

「実は、私が入っている『北風』という同人雑誌の同人として、彼女がいるんで

すよ。彼女は一度でいいから、先生に娘として認めてほしいと、そういっています。一回だけで、構いません。その後は、忘れてくれても結構だといっているんですが」

私がいうと、

「私もそうしてあげたいが、こちらにも事情があってね」

と、いう。

それは、いかにも、奥さんが怖いという感じだった。

そのことで私は別に、小沼圭介のことを軽蔑したりはしなかった。むしろ、人間的だと思った。

「そうだな」

と、小沼圭介は、しばらく考えていたが、突然、バッグのなかから原稿を取り出して、私の前に置いた。

「これは、小説ではなくて、私が書いた随筆集なんだが、どこで出すかは、まだ決まっていない。そこで、君がよくしっている出版社ならどこでもいいから、これを出すように、話してもらえないか。そして、その印税は全部、娘にやってほしい」

と、いった。

「わかりました。それで、家庭の事情のほうは、大丈夫ですか？」

私がきくと、小沼圭介が笑って、

「大丈夫だよ。そこまで縛られてはいないよ」

と、いった。

この随筆集は、少しは、売れたが、ベストセラーにはならなかった。そのことがかえってよかったのかもしれない。

ベストセラーになってしまえば、小沼圭介の奥さんが怪しんで、すぐに調べるだろうからである。

結局、その随筆集の印税、四百万円は、晴美に贈られたわけだが、晴美のほうは、

「自分はもらいたくないので、同人雑誌『北風』に寄付します」

と、いった。

「北風」は、当時ずっと赤字だったが、この寄付のおかげで黒字になった。

そこで、太宰治の崇拝者の菊地が、青森《あおもり》に旅行しないかといい、その時初めて私たちは、青森に太宰治の生家を訪ねる旅行をしたのである。

2

その時、私はすでに、同棲生活を解消していた。

解消の仕方が、いかにも彼女らしく、大雑把で、カラッとしていた。

ある日、私がいつものように、マンションに帰ると、彼女の荷物がほとんどなくなっていて、置き手紙が一通、テーブルの上に置いてあった。

〈一年間、ありがとうございました。おかげで何とかファッションの勉強に勤しむことができました。

今回、一緒に生活する仲間が見つかりましたので、そちらと生活を共にすることになりました。このマンションは使っても結構です〉

ただそれだけしか、書いてなかった。あっけらかんとしたわかれの手紙である。

これには、私のほうが困ってしまった。そのマンションの部屋代を、これからは毎月、自分ひとりで払っていかなくてはならないからである。

私は慌てて近くに安いアパートを探し、そちらに移ることにした。そんな生活のなかでの、青森行だった。

ちょうど、初夏の頃だった。

もちろん雪はなく、ストーブ列車も走っていなかったが、私たちは二泊三日で津軽鉄道に乗り、太宰の生家を訪ねることになった。

この時、軍資金も豊かで、五人とも楽しく、青森の旅行を楽しんだ。

太宰の崇拝者の菊地は、予定よりももう少し、ここに留まっていたいという。

岸本はるかは仕事が待っているので、すぐ東京に帰るといい、山崎晴美は仙台《せんだい》に寄ってから帰りたいといった。

私は、彼女が仙台に寄りたいという気持ちがわかった。

あの小沼圭介の故郷が、仙台だからである。

「私も仙台で降りて、仙台の街を歩きたい」

と、いった。

五人はばらばらになり、私と山崎晴美は新幹線で、仙台に向かった。

仙台も、青葉の季節だった。青葉城趾《あおばじょうし》の近くに、小沼圭介の記念館があった。

私は晴美と一緒に、記念館を訪ねた。

作家の著書や原稿用紙、使用していた万年筆などの展示のほかに、私生活の写真も、飾ってあった。

奥さんの写真、そして、作家として一人前になった、娘の一美の写真。すべて家族写真である。

しかし、もちろん、そこには晴美の写真は、ない。

晴美は、仙台市内のホテルにもう一泊してから、東京に帰るというので、私が、そのホテルの手配をした。その後、ホテルのロビーでコーヒーを飲んでいると、晴美がやってきて、

「どうしたらいいと思います?」

と、きく。

「何が?」

「さっき、あの人から電話があったんです。もし、明日も、仙台の記念館にいくのなら、そちらにいく用事があるからぜひ会いたい。そう、いわれたんです」

「それならば、ぜひ会いなさい」

と、私がいった。

「ただし、お金のことはいわないほうがいい。それをいうと、君の気持ちが不純なものに、見えてしまうから」

翌日、晴美は、一日仙台に残って、記念館で、小沼圭介に会ったらしい。あとで彼女から話をきいたのだが、一日ハイヤーを雇い、小沼圭介が仙台市内を、案内してくれた、という。

その後、小沼圭介の全集が出たが、そのなかに、一作だけ、奇妙な作品が混じっている。

小沼圭介は、大人の恋愛を描くのが得意な作家なのに、一作だけ、おとぎ話のような小説があるのだ。

主人公は女の子で、おとぎの国を巡って自分の父親を探すストーリーである。今も、その作品は、不思議な作品だといわれて、作家が、何をモチーフにして、書いたのかがわからないといわれている。

たぶん、私だけが、あるいは、私と晴美だけが、小沼圭介が、この作品を書いた理由を、わかっているかもしれない。

小沼圭介は、これから成長していく娘のために、自分の気持ちを投影した、おとぎ話を、書いたに違いない。そのうち、晴美が自分で、自分の小説を書くことになるだろうと、私は思っている。

最後に、当時の、菊地順二の様子を、書いておく。

菊地は、作家になろうと必死だった。あれほど作家になりたがっている男を、私は、見たことがない。作家になるために、自ら定職を捨て、アルバイトをして、金を貯め、その金があるうちは、働かずに小説を書き続けていた。

書いた小説は「北風」に載せるか、懸賞小説に、応募していた。

うまいといえる作風ではない。人を感動させることもないだろう。

しかし、不思議な小説である。

読み終わって、不思議な世界から今、解放されたような、そんな感じのする小説である。

ただ、その作品では新人賞、あるいは懸賞小説に当選するのは、難しいだろうと私は思っていた。あまりにも、風変わりな小説だったからである。

プラス点を集めていけば、当選するような、作品ではない。むしろ、マイナス点を、どんどん引かれてしまうような、そんな作風なのだ。

その点について、私は彼と話し合ったことがある。幸い、講演会のあとに小沼圭介に会ったことがあるので、一度だけ、菊地を、小沼圭介に会わせてやったことがある。

その時、小沼は、

「作家として世に出るためには、自分が書きたいものだけを書いていては、なかなか難しいよ。それでは、ただの自己満足になってしまう。読者を面白がらせるような、読者を感動させるような、小説を書かなければいけない。読者におもねるようで、いやだと思うかもしれないがね」

と、小沼は注意してくれたのだが、菊地はそれでも、自分の作風を改めることはしなかった。

そしていつも、自分が、世に出られないことの怒りを、発散させていた。

そうだ、もうひとり、私が、一年近く同棲していた岸本はるかがいた。

彼女は典型的な文学少女だったから、有名な作家のサイン会などがあると、色紙を持って飛び出していき、サインしてもらうことを喜んでいた。

だが、その一方で、やたらに現実的で、その落差が、私には面白かったし、同時に戸惑った。

彼女の言葉、動きが摑めなかったからである。

それでも、とにかく一年近く私は、彼女と一緒に暮らしたのだ。

決して美人とはいえないが、スタイルはいい。

そして、声である。ちょっと甘えたような、そのくせはっきりとしたところがあるその声は、話している彼女を、美人に思わせてしまう。

元々は作家というよりもファッションデザイナー、あるいはモデルというほうが相応しい女性だったのだ。

だから、私と一緒に一年間、同棲している時、たぶん彼女自身、生き方を間違えた。ほかの生き方があったと、思い続けていたに違いないのである。

彼女の美点を探すのは難しい。

いざ、どこが美点かといわれると、戸惑ってしまう。

逆に欠点はすぐにいえる。ひとり合点でワンマンで、自分の行動の責任を取らない。私は何回彼女に騙され、嘘をつかれたと思い、腹が立ったかわからない。

しかし、彼女自身にいわせると、別に相手を騙しているつもりでも、嘘をついているつもりでもないのだ。

だから、こちらのひとり相撲になってしまう。

彼女は平気で、自分のことだけを優先させる。

可愛い時もあれば、憎らしい時もある。例えば、同棲している時、彼女はいつの間にか、私が隠していた預金通帳を、勝手に見てしまった。その口座にいくら残高があるのかを調べて、勝手に、おろして使ってしまったこともあった。

私が怒ると、

「今度、私が大金を儲けたら、どんどん使っていいから」

けろっとしていうのである。ただいうだけではない。何かで、彼女のほうにまとまった金が入ると、その預金通帳を、私に見せて、

「これだけお金があるから、何を買ってもいいわよ」

と、いうのである。

私は、そうした彼女の勝手気ままさに戸惑いながらも、そんな彼女のことが好きでもあった。ただ、なぜ「北風」という私たちの同人雑誌に、参加したのか、それが不思議だった。

彼女がなりたかったものはファッションデザイナーであって、作家ではなかったからである。だから、彼女は、小説を書いて「北風」に載せることがあまりなかった。

しかし、作家に会うのは好きだった。私に向かって、

「あなたがもっと、才能があって、ひとかどの作家になっていたらよかったの

に」

と、いうのである。

どうも、彼女は、作家というものは儲かるもので、その上、大した苦労をしていないから、一緒に生活しても楽しいだろう。そう思っていたらしい。それゆえ、作家として名声をあげることのできなかった私との一年間は、腹立たしいものであったに違いなかった。

「だから、いつか、あなたが売れる小説を書いて、大きな家に住んで、スポーツカーを乗り回して、世界中を旅行して、そういう生活ができると思っていたのに」

と、時々、私に向かって、文句をいっていた。

「そんなにうまくいくもんじゃないよ。この世の中は」

と、私はいったが、最後まで、彼女は当てが外れたと思っていたらしい。そして突然、私のもとを去ったのである。

しかし、それでも彼女は、同人雑誌「北風」をやめなかった。

あるいは、私が作家として成功し、彼女が夢見る「優雅な印税生活」ができると思っていたのだろうか？

あの頃、本が売れないといわれながら、突然、無名の文学青年の本が、何万、何十万と売れて大金を手に入れ、それをテレビドラマの原作として放送することがあったから、はるかも、私に対して根拠のない夢を、抱いていたのかもしれない。

ただ、リアリストの彼女が、私に見切りをつけるのも簡単だった。見事なほど簡単だった。

私はといえば、その後も時々、同人雑誌の「F」の会合に顔を出していた。「F」がどんな会合を催しているのか、同人を増やしていくには、どうしたらいいのかがしりたかったからである。

はるかとの同棲が終わって、私も少しばかり同人雑誌のほうに、気持ちを入れることにしたのである。

小沼圭介から四百万円の印税をもらって喜んでいると、さらにありがたいことがあった。

小沼圭介が「北風」の同人になってくれたのである。

小沼が「北風」の内容に感動してくれたわけではなく、明らかに晴美のためであったことは、はっきりしていた。

「北風」の同人の会費と維持のための資金として、毎号五十万円が振り込まれてくるようになった。

それは嬉しい援助だったが、突然、弁護士がやってきた。

「小沼圭介の代理として参りました」

と、いわれて、その弁護士の用件が、すぐにわかった。

小沼圭介の怖い奥さんが、五十万円のたびたびの出費を不審に思い、この弁護士に調べさせ、こちらによこしたのだ。

毎号五十万円の振り込みは中止になり、小沼圭介から私に電話があった。

「申しわけない。晴美によろしく伝えてくれ」

私は、小沼圭介の奥さんに腹が立ったが、小沼圭介本人にも腹が立った。いくら何でも、少しばかり気が弱すぎるのではないか。そう思ったので、私は晴美にいった。

「小沼圭介について書いてみたらどうなの？　フィクションでもいいし、ノンフィクションでもいい。ノンフィクションで小沼圭介という作家のことを書いたほうが、売れるかもしれないね。君だって、彼についていいたいことが、いくらでもあるんじゃないの？　写真入りで本にしたら、売れると思うよ」

と、私は勧めたが、晴美は頑として拒否した。

それでも私は、晴美に、

「小沼圭介という作家でもいいし、父、小沼圭介でもいい。本当に、書く気はないの？」

と、私がきいた。

晴美が、ちょっと考えてから、

「ある」

と、いう。

「それなら書いてみなさいよ。もしかしたら、君が作家として成功するチャンスになるかもしれないよ」

と、いえば、

「彼が生きている間は書きたくない。亡くなったら、書くかもしれません」

と、いうのである。

そして、彼女が「北風」に載せる作品といえば、小沼圭介とは関係のない、おとぎ話のような小説ばかりだった。

このあたりで、菊地順二の盗作騒動のことも、書いておこうと思う。それは実際にあったことだからである。

同人雑誌「北風」を始めてから、五年目ぐらいの時だった。

菊地は、頑張って「北風」に小説を載せ続けていたし、懸賞小説にも、応募していたが、なかなか芽が出ない。

そんな時に「北風」の新年号に載せた、八十四枚の短編小説が傑作だったのである。彼の小説を読み慣れている私の目にも、一皮剝けた作品に思えた。

(とうとう彼も、吹っ切れたのか)

と、私も喜んだのだが、その短編小説のなかに何十行か、有名作家の文章が、そのままそっくり使われていたのがわかったのだ。

私は最初楽観していた。こちらは同人雑誌である。それも、同人雑誌のなかでも、もっとも小さな存在なのである。

こんな小さな「北風」に載った短編小説を、気にする人は誰もいないだろう。

そう思っていたのだが、それが間違いだった。

名のある文芸雑誌までが、この「北風」に載った菊地の小説を取りあげたのである。

〈最近の同人雑誌を見ても、いずれも小さくまとまっていて、あっと驚くような傑作に出会うことが少なくなった。そうしたら今度は、小さな同人雑誌『北風』に載った短編に、何十行かに渡る盗作の文章が発見されたのである。『野に遺賢なし』といわれて久しいが、今度は盗作である。私は、それを見ながら涙が出た。この大罪を犯した、菊地順二という名前に、私は記憶があった。一生懸命に書いている。小さな同人雑誌で頑張っている。そう思った記憶があったのである。

ところが、今度の体たらくである。この作者は、もう駄目だと思った。へたでも何でも、自分の才能で書きなさい。どうして、盗作なんかするのか。その言葉を、私は菊地順二という作者に贈りたい〉

こんな厳しい、評論家の指摘が載ったのである。

急いで「北風」の臨時号を出し、そこに大きく菊地が、お詫びの言葉を書くことにした。

指摘してくれた批評家のところにも、臨時号を送った。その時が、菊地にとって最大の危機的状況の時期だった。

それで、お詫びの言葉を載せ、菊地は数カ月間「北風」に何も書かなかった。

そして、しばらくして、やっと短編小説を「北風」に載せた。

ところが、数カ月の空白が、かえってよかったのかもしれない。作風が変わったのである。

たぶん、自分の言葉、自分の気持ちで書かなければならない。そうした思いが、作風まで、変えてしまったのかもしれなかった。吹っ切れて、菊地独自の匂いの感じられる、小説になったのだ。

懸賞小説に出しても、最終選考まで残ることが多くなった。

ある雑誌が毎月「今月の同人雑誌」という欄を設けて、全国の同人雑誌についての感想を書いていた。私たちの「北風」は、それまで一度として取りあげてもらったことがなかったのだが、この後、突然取りあげられて、私たちを驚かせた。

その時、

〈この『北風』という、小さな同人雑誌は可愛らしいが、見るべきものはないと思っていた。しかし、ここにきて、この『北風』の同人、菊地順二が書いた短編小説は、とにかく面白い。吹っ切れた面白さである。たぶん、このまま書いていけば、菊地順二は特異な作家として、認められるようになるだろう〉

と、書かれていたのである。

この時、私たちは、いつも会合をやる四谷《よつや》三丁目裏のカフェ〈くらげ〉に集まって、祝杯を挙げた。

その時、私は菊地に向かって、

「私は確信したよ。『北風』から絶対にひとりは、作家が生まれるとね」

3

ここで、同人以外で、六人目の大切な女性を紹介しておきたい。

カフェ〈くらげ〉のママ、三村恵子《みむらけいこ》である。

彼女の年齢は五十代だと思うが、正確なことはわからない。

十五、六人でいっぱいになる、小さな店である。

その店を、三村恵子はひとりで、二十年あまりやっている。〈くらげ〉という名前は、頼りなく、フラフラしているのが、自分に似ているからつけたという。

十年前から私たちは、月に一回の会合を、この店で開いている。

毎週月曜日は店が休みなので、私たちは第一月曜日に、この店を借りて集まっているのだが、一日借り切ってひとり五百円。それで時間は自由。コーヒーや紅茶にケーキなどを出してくれる。

もうひとつ、恵子の自慢は、父親が残してくれた二千枚のLPレコードだった。

どのレコードも、名演奏家のクラシック音楽をレコーディングしたもので、いまでは亡くなってしまっている演奏家のものも多くある。

「私は、お客がひとりもこなくても構わないの。クラシックを聴きながら、美味しいコーヒーをゆっくり飲んでいれば、それで満足だから」

と、いう。

そのカフェ〈くらげ〉を、私たち「北風」の同人が使うようになったのは偶然だった。

十年前、私たちは同人雑誌をやろうと集まった。

だが、毎月一回の会合や、雑誌ができた時に集まる場所が、決まっていなかった。そのことを考えながら、四谷三丁目付近を歩いていた時、偶然、カフェを見つけて入ったのが〈くらげ〉だったのだ。

最初、三村恵子は、私たちの申し出にいい顔をしなかった。

「とにかく、静かにコーヒーを飲みながら、クラシックを聴くのが願い」というのが、恵子の人生観だったからである。

「それなのに、せっかくの休日に店を開けて、皆さんを迎え入れるのは、精神的にしんどいの」

と、いうのである。

私たちも半ば諦めかけていたのだが、突然、恵子が、

「わかったわ。毎月一日、皆さんのために、この店をお貸しすることにするわ」

と、いってくれたのである。

なぜ、突然、気が変わったのか、今でも私にはわからない。

「お客は入らなくてもいい。ひとりで静かに、クラシックを聴きながら、美味しいコーヒーをゆっくり飲んでいるのが夢」

と、いう恵子が、突然、オーケイを出したのである。

それも、嫌々ではなかった。

私たちが毎月の会合や「北風」ができると集まって、恵子も休日なのに店に出てきて、クラシックをかけ、コーヒーを淹れてくれるのである。

そして、驚いたことに、恵子は、多くの有名作家の作品を読んでいて、私たちの話に加わってくることもあった。

それも、一種独特の見方で、私も感心することが多かった。

そこで、例会の時に、私や菊地が、

「いっそのこと、三村さんも私たちの同人に加わりませんか？　ひょっとすると、三村さんに文才があって、作家として、有名になれるかもしれませんよ」

と、勧めたことがあった。

お世辞でいったわけではなかった。

既成作家に対する見方が変わっていて、面白かったからである。

それに「北風」の同人のなかに、文芸評論家がいてもいいし、そのほうが「北風」に重みと幅をつけることができると、思ったのである。

恵子は笑って、こんなことをいった。

「私は、小さい時から本を読むのが好きだったわ。亡くなった父にいわせると、小学生の頃から、お小遣いをもらうとすぐに本屋にいって、本を買っていたらしいの。だから、父は私が、女流作家になるんじゃないかと思っていたというのよ。でも、私は、本を読むのは好きだけど、自分で書こうという気はまったくないの」

「どうしてですか？」

と、私がきいた。

「作品を書いた人の気持ちがわかって、切なくなってくるのよ」

「切なくなるって、いったい、どういうことですか？」

「小説を書くということは、時には自分を傷つけることでしょう。私は、そういうのは苦手なの。小説は楽しく書くわけだから、そのために苦しまなければならないというのは、我慢できない。だから、作家にはなりたくないの」

と、恵子はいった。

「よくわからないんだけど、作家は好きなんでしょう？」

と、私はきいた。

「そうね。作家は、どの作家でも好きだといいんだけど、好き嫌いはあるわ。どうしても好きになれない作家もいるし、逆の作家もいるし」

と、恵子はいった。

「じゃあ、どんな作家が好きで、どんな作家が嫌いなんですか？　わかりやすいように、具体的に名前をいってくれませんか？」

と、私はいった。

私は、少しばかり意地になっていた。三村恵子が、どんな作家が好きで、どんな作家が嫌いなのかを、どうしてもしりたくなったのだ。

恵子がけらけら笑って、

「私が、どんな作家が好きだとか、嫌いだとかいっても、それは仕方がないことでしょう？　あなた方の会合に、お店を提供するのは嬉しいけど、作家になる気はまったくないんだから」

と、いった。

「万歳です」

「えっ？」

「お手上げです。あなたを、私たちの同人雑誌に勧誘するのは諦めました」

と、私がいった。

「同人になるのは、しんどいけど、いろいろと協力はさせていただくのはいやではないですよ」

　恵子は、さらに笑顔を重ねた。

　確かに、恵子のいうとおりだった。

　その後、何回もカフェ〈くらげ〉で、私たちは同人雑誌「北風」の例会を開いたのだが、その時は、いつも恵子が一所懸命に手伝ってくれた。

　そうした例会が、何回か重ねられたあと、菊地が、ある日、

「こんなものが見つかったよ」

　といって、一冊の雑誌を、私たちに見せた。

　それは、かなり以前に、京都で発行された「きょうと」という名前の雑誌だった。いわゆる京都の宣伝雑誌である。

「今、書いている小説のために昨日、上野《うえの》の図書館に参考資料を探しにいったんだが、その時、この雑誌を見つけてね。気になったので借りてきたんだ」

　と、菊地がいった。

「どこが気になったんだ？」

「そのなかに、小説がひとつ載っているんだよ」

「ああ、確かに載っていますね」

と、私はうなずいた。

〈古都残影〉

というタイトルの短編である。

作家の名前は「安西《あんざい》まゆみ」となっている。

「これが、どうかしたのか？」

と、私がきくと、菊地は、

「最後のページに、筆者紹介が書いてある」

と、いった。

確かに、その雑誌に寄稿した全員の紹介が載っていた。そのなかに、短編を書いた安西まゆみの紹介もあった。

〈安西まゆみ＝本名・三村恵子。京都生まれ。大学一年生の時、全国大学文学コンクールで優勝。その後、商業雑誌にいくつかの短編を書き、好評だったが、突然、小説を書くのをやめてしまった。この「古都残影」が最後の作品になっ

た〉

「あの三村恵子と同一人か?」

と、私がきいた。

「ああ、もちろん同一人だよ。それに、安西まゆみのペンネームで今までに書いた短編を集めて、短編集も出している」

「それなら、その短編集についての思い出を、本人にきいてみたいね。突然、書くのをやめてしまった理由もだ」

と、私がいった。

「同感だが、答えにくい問題だし、まずいんじゃないかね。もう、われわれの例会は断る、といわれてしまったら、まずいと思ってね」

菊地がいう。

「そうだね」

と、私も迷ってしまった。

そんな思いを「北風」に手記として発表した。

第三章　私（岸本はるか）の話

1

井上昭の手記を読んだ同人が、それぞれの思いを発表した。

井上さんが、どんな思いで書いたか、大体想像ができます。私との同棲生活について書いていましたね。

私、前から不思議でしょうがないんですけど、男の人ってどうして結婚を自慢しないで、同棲を自慢するのでしょう。たぶん、同棲のほうが、いかにも女を自分の才能と顔で手に入れた、まるで獲物を自慢する漁師みたいな気分になるんでしょうね。

その点、結婚は、お互いが対等だから、あまり自慢にはならない。だから、結婚よりも同棲を自慢するんでしょうけど、女の私から見れば、そんな男性は、子供っぽく見えて仕方がないし、その典型みたいな井上昭という男は、古臭い日本男性に見えて仕方がないわ。

もうひとつ、井上さんらしいですが、私のほうから誘って、同棲したという話にしていますね。

でも、そんなことはありません。考えてもみてください。あの頃、彼は、安アパートに住んでいて、私は、駅近くのマンションに、住んでいたんですよ。マンション暮らしの私が、どうしてアパート暮らしの井上さんを誘って、同棲生活に入ったりするでしょうか。誰が考えてみたって、それは逆で、ある時「北風」の同人になっていた時ですけど、突然、井上さんが、私のマンションに転がりこんできたんです。

このあたりで、私と、彼が同棲を始めた時の、本当のことを書いておきたいと思います。

ある時、ベルが鳴ったので、ドアを開けてみたら、そこに井上さんが立っていたのです。なんでも、多摩川《たまがわ》にいって帰ってきて、汗をかいたので、さっぱりしたいと思ったが、気がついたら、今日は銭湯が休みだった。そこで色々考えて、君のところはマンションでバスルームがあるだろうから、ちょっと借してくれないか。汗だらけで気持ちが悪いんだよ。そんなことをいうので、バスルームを貸したんです。

それで、さっぱりしたといって帰っていったんですけど、あとから考えてみたら、その日が、銭湯が休みだったのをしっていて、わざと、その日を狙って、私のところにきたに違いないんですよ。

その後、急に井上さん、図々しくなって、やたらに私のマンションのバスルームを、借りにくるんです。こんなところが、日本の男の図々しさというのか、甘ったれのところといったらいいのか、そうしたらそのうちに、居ついてしまって、それから何となく、同棲ということになってしまったのです。

これは、本当のことだからいっておきたいんです。

さほど好きでもない男性と、どうしてしばらく同棲生活を送ったのか。その気持ちは、私自身にもよくわからないんです。面倒くさかったからかもしれないし、同じ同人雑誌に入っているんだから、追い出すわけにもいかないという気持ちもあった。そんなところかもしれません。

ああ、それからもうひとつ。私、一応、文学少女だったんです。と、いっても、自分で小説を書いて作家になるということよりも、作家を見たい、自分の近くにいる人が、作家になって、有名になっていくのを見たい。そういう気持ちのほうが強かったんです。

だから、最初、井上さんと同棲を始めた時は、この人が、作家になればそれはそれで素晴らしいと、思っていたんですけど、途中から、ああ、この人には、作家としての才能がないと、思うようになりました。

なぜかって？「北風」の同人には、私を含めて、五人がいたんですけど、何年も見ていると作家の才能がない人は、わかってくるんです。

かろうじて、男の人三人のなかで一番見こみがあると思えたのは、菊地さんでした。

正直にいうと、菊地さんに、作家としての才能があるのかどうか、私には、わかりません。

でも、あれほど作家になりたいと思っている人、あれほど熱心に勉強している人を、私はしらないんです。

だから、私と、もうひとりの女性、山崎晴美さんの二人とも、何とかして、菊地さんには、幾つかある文学賞を獲らせてあげたい、何とか「北風」から新人作家がひとり、世に出てもらいたい。その人は、菊地さんが一番よいと、思ってい
たのです。

井上さんにしても、大石さんにしても、菊地さんほど純粋に作家を志している
人には、思えませんでした。

それに、菊地さんの作品は、必ず毎回「北風」に載っていましたが、なかなか
注目されませんでした。

そんななかで、今から二年ほど前、やっと菊地さんの作品が、文学界から認め
られ始めたんです。

ところが、そんな時に、菊地さんは盗作騒動に、巻きこまれてしまったので
す。

あの時、菊地さんが、うっかり真似してしまったのは、太宰治の「水仙」とい
う作品です。

「北風」の同人は、全員が太宰治が好きです。もちろん、菊地さんもです。

したがって、太宰治の作品に似てしまうのは、仕方がないと思うのです。その
ことは、菊地さんもよくわかっていて、太宰治に心酔しながら、何とか太宰から

遠ざかろうと、努力していました。

それでも、毎回、小説を書いて「北風」に載せていたので、次の作品のストーリーが、どうしても思い浮かばなかったんだと思うのです。それで、つい、尊敬する太宰治の短編「水仙」のストーリーを真似てしまったんだと思うのです。

「水仙」のストーリーは、太宰の作品のなかでもわかりやすく、それだけに真似しやすいものです。

「水仙」は、私の視点で書かれていて、私の知り合いに、画家の奥さんがいます。

その奥さんが水仙の絵を描いて、発表します。自分では、自信があったのですが、仲間の画家たちには不評でした。なかには、奥さんの絵は、所詮は有閑夫人の遊びだと、酷評する人まで現れてしまい、奥さんは自信を失い、絵筆を捨てようとします。

私は、そんな奥さんを、次のようにいって、励まします。

菊池寛《きくちかん》という作家の作品に「忠直卿行状記」という小説があります。

主人公は、若い殿様です。剣の道にも秀でていて、藩内で一、二を争う使い手になっていました。

毎年藩内で剣を競う大会があり、忠直卿も参加するのですが、いつも優勝してしまいます。そこで、忠直卿は喜んで、家臣との試合に勝つと「お前も、もっと剣の道に励めよ」と、いっていたのです。

ところが、ある日、家臣二人の内緒話をきいて、愕然とします。

「殿さまにも困ったものだ。ご自分が、本当に強いと、思いこんでおられるからね」

「殿さまと試合をしても、勝つわけにはいかないからね。わざと負けるのも大変だよ。うまく負けないと、いけないからね」

この内緒話をきいて、忠直卿は、悩んでしまいます。今までは、家臣との試合が楽しかったのに、このあといくら勝っても、家臣は、わざと負けているのではないかと、疑ってしまうからです。

忠直卿は、何とかして、自分の実力をしろうとします。

そこで、家臣のなかでも腕の立つ者と、試合をすることにしました。少し打ち合うと、その家臣は、たちまち木刀を投げ捨てて、

「参りました」

と、平伏してしまいます。

これまでだったら、忠直卿は、それで満足したのですが、今日は、そうはいきません。その家臣が、自分のほうが強いのに、こちらが主君なので、わざと参ったと叫んでいるに違いない。

そう思った忠直卿は、腹が立ちました。怒って、平伏した家臣の頭を木刀で打ちすてたのです。

家臣の頭から血が流れました。ここまでやれば、家臣は腹を立てて、本気で打ちかかってくると、忠直卿は思ったのです。そうなれば、自分の本当の実力もわかると期待したのですが、家臣は、

「お許しください」

と、叫んで走り去ると「ご主君の不興を買ってしまった」責任をとって、自刃してしまうのです。

これでますます、忠直卿は、自分が強いのかどうかわからなくなってしまいました。このままでは、家臣を疑ったままになってしまう。藩の政治もできなくなる。どうしたらいいか、考えた末に、最後の手段をとることを決意したのです。

この頃、藩内では、ひとりの若侍が結婚していました。新妻は、藩内一の美

人、若侍のほうは、藩内随一の剣の使い手で、誰からも祝福されていました。

忠直卿は、その若侍に向かって、

「お前の妻を見て気に入ったから、差し出せ」

と、命令したのです。

ここまでやれば、若侍も腹を立てて、斬りかかってくるだろう。そうなれば、自分の実力がわかる。本当に強いかどうかもわかると、忠直卿は考えたのです。

ところが、その若侍は、新妻を離縁し、自分は切腹してしまったのです。

忠直卿は、ことの成り行きに絶望しました。自分が、いくら家臣と実力を持って剣を戦わせようとしているのに、誰も戦ってくれないばかりか、次々に自殺してしまうと考えて、忠直卿は、改めて絶望し、亡くなってしまいます。

これが、菊池寛の書いた「忠直卿行状記」です。

太宰治の「水仙」は、その小説をもう一度、ひっくり返して見せたのです。

私は、水仙の絵を書いた奥さんに、こう話すのです。

「忠直卿は、実は、藩内随一の剣の使い手だったんですよ。誰も、忠直卿には勝てなかったんです。家臣は、それが口惜しくて仕方がなかった。そこで、ひそかに、内緒話を忠直卿にきかせたんです。主君は、本当は弱いのだが、家臣が勝つことは許されないので、わざと負けているという内緒話です。それが成功して、忠直卿は、自分に自信が持てなくなった。したがって、結婚したばかりの若侍に、新妻を差し出せと命令した時、若侍が新妻を差し出したのも、忠直卿に向かっていっても、勝てないとわかっているからです。主君には刃向かえないというのは、自分の弱さを隠すための嘘ですよ」

そして最後に、奥さんの水仙の絵について、自分の考えをいいます。

「あなたの描いた水仙の絵は、素晴らしいものですよ。それに対して、ほかの画家が、いろいろとけなしているようですが、その状況は、忠直卿によく似ています。既成の画家たちは、あなたの描いた水仙の絵を見て、その素晴らしさにびっくりしているんですよ。とても敵わないと感じているんです。ところが、新人の奥さんに負けたことを認めるのが口惜しいので、忠直卿に対して、わざと内緒話をきかせたように、奥さんの悪口をきかせているんです。だから、自信を持ってください」

2

これが、太宰治の書いた「水仙」です。これは、今、私が話したように、文学的な高さより、ストーリーの面白さです。菊池寛の書いた「忠直卿行状記」をひっくり返したのが、太宰治の「水仙」です。

菊地さんが、太宰の「水仙」を真似たことは間違いありません。太宰が、菊池寛の「忠直卿行状記」をひっくり返して「水仙」を書き、菊地さんは「水仙」をひっくり返して、自分の作品を書いたのです。

確かに、太宰の「水仙」を読んで、それを意識して、菊地さんが、自分の作品を書いたことは間違いありませんが、私は、これを盗作と呼ぶべきなのかについて疑問を持っています。もし、菊地さんが「水仙」を盗作したといえば、太宰は明らかに、菊池寛の「忠直卿行状記」を読んで「水仙」を書いたに違いないからです。

今だから正直に書きますが、あの時、菊地さんが盗作を犯していると気がついたのは、ひとりじゃなかったんですよ。私だって気がついていた。

でも、私は、盗作だとは思わないんです。

それなのに、井上さんは、それをある新人賞の選考委員の人にばらしてしまった。その新人賞に、菊地さんが作品を応募していたからです。

それが一次、二次と通って、最終選考に通るところだった。もし、あの時に通っていたら、菊地さんは、もっと早く新人賞をもらっていたかもしれない。そんな時に井上さんは、菊地さんの盗作問題を、その選考委員に手紙でしらせたんですよ。これは、どう考えたって嫉妬です。

井上さんという人は、自己顕示欲が強くて「北風」で最初に作家デビューするのは自分だと、思いこんでいた。私なんかから見ると、何回も書きますけど、それほどの才能は見当たりません。

だから、菊地さんと同じように「北風」に小説を書いても注目されなかったし、新人賞に応募しても通らなかった。それが口惜しくて、井上さんは、菊地さんの盗作問題を公にしたんです。

井上さんは、私との同棲生活についても、私のほうから誘ったと書いていますけれども、本当は、この盗作問題のことで、井上さんという人が嫌いになったんです。だから、私のほうから、いろいろと理由をつけて、同棲をやめてしまったんです。

次に、山崎晴美さんのことを書きます。

彼女が、同人として加わった時、

(あら、この子、本当に小説を書くのかしら)

と、思ったことを、今でも覚えています。何しろ、まだ十九歳のＯＬでしたから。

たぶん、井上さんが彼女のことについても、いろいろと書いていたと思うんですけど、彼女は有名な作家、小沼圭介の娘です。

私は、彼女が小沼圭介の娘だとしっても、別に、驚きませんでした。私は、作家というものを、こんなふうに考えていたのです。作家というのは、想像力の塊だと。だから、頭のなかで、いつもさまざまなことを考えている。女性との浮気、戦争への参加、政治家に化けたり、時には女性に化けたりもする。それが作家だと思っているんです。

それでも、実生活に生きているから、時々、想像から実践に移ってしまう。そんな時に生まれたのが、山崎晴美だと思っていましたから、彼女が小沼圭介の娘だとしっても、別に驚きませんでした。

私は、作家というのは、想像と現実との区別がつかない人種だと、思っているんです。

普通の人は、想像よりも現実感のほうが強い。当たり前の話ですね。現実に生きているのですから。

私たちの同人雑誌「北風」は、同人数五人の小さなグループです。それでも、同人雑誌をやっていてプラスなことは、同人雑誌「北風」で、世の中の作家に、手紙を書けることだった。

「作家になるために、必要な資質は何か、それを教えてください」

と、いった、もっともらしい手紙を出せることとです。もちろん、めったに返事を書いてくれることはありませんでしたが、たまには、気が向いてくれて、答えてくれる作家もいたのです。

たぶん、若い時は、同人雑誌をやっていて、苦労したことがあるのではないでしょうか？「北風」をやっていたおかげで、十年間の間に、二人の作家が例会にきてくれた。

そんな時には、カフェ〈くらげ〉で、話をきいたのですが、それが自分たちにとって、プラスになったかどうかはわかりません。何しろ、たった五人でしたったからです。

し、ものになりそうなのは、菊地さん、ひとりだけだったからです。それでも、プラスになったと、私が思っているのは、作家がどんな人種なのか、少しはわかったからです。

きてくれた二人の作家は、一見すると、性格も生き方もまったく違うように見えましたが、よく観察すると、底のほうがよく似ているのです。

ひとりは、リアリティが売りもので、日本社会の悪と闘っていることを、絶えず口にしている男性作家で、もうひとりは、これとまったく逆に、おとぎ話のような作品を書き続けている女性作家でした。

ひとりは、私たちに向かって、日本の大企業の持つ非人間性について、延々と喋り、今まで作品を通して闘ってきたことを、自慢しました。

もうひとりは、若い時からおとぎ話を書き続けていることを、自慢していました。

しかし、二人が話してくれた彼等の日常生活をきいていると、まったく同じで、二人とも現実世界に生きている感じはなくて、想像の世界に生きていることがわかって、面白かったです。

大企業の悪と闘っていると自慢する作家は、最近、太平洋戦争について書き始めていて、彼にとっては、同じ日本の悪について闘っているのだと、いっていましたが、大企業で働いる社員にとっては、彼は、自分たちを見捨てた裏切り者に映るのです。

「時々、そんな無茶をいうファンもいて、困るんだよ。私は、同じように、巨大なものと闘っているんだからね」

と、この作家は、私たちに向かって、肩をすくめて見せたのです。

もうひとりの作家は、ずっと子供の世界を書いていたのですが、ここにきて、動物の世界を書くようになりました。

「私にしてみたら、同じなんですよ。子供の世界も、動物の世界もね」

と、彼女は、いいました。

しかし、彼女の書く子供の世界を愛したファンから見れば、裏切りなのです。

この二人とも、現実の世界ではなく、想像の世界に生きています。彼にとって、大企業も戦争も想像の世界だから、自由自在に二つの世界を移動できますが、彼のファンは、現実の世界に生きているのですから、自由に二つの世界を移動できないのです。

おとぎ話を書き続けている女性作家も、同じことです。

面白いことに、二人とも最近、同じような事件で、新聞、テレビを賑わせた。

大企業の悪と闘ってきた男性作家は、大企業の名前を使った詐欺に見事に引っかかったのです。

〈現実の悪と闘っていたAは、現実の悪（詐欺）に引っかかって、頭を抱えている〉

と、新聞は、書きました。

女性作家も「日本のおとぎ話を集めた文学会館を造る」という運動に賛同して、一千万円の寄付をしましたが、これが詐欺だったのです。

私から見ても、わかりやすい詐欺なのです。それに、二人とも簡単に引っかかっています。どう考えても、二人が、現実より想像の世界に生きていることを、示しているとしか思えません。

そういえば、男性作家のほうは、夜の世界についても「私のリアリズムで一刀両断にした」と自慢していたのですが、六本木《ろっぽんぎ》のクラブのホステスに見事に騙されて、一千万円を騙し取られた、という話がきこえてきました。

女性作家も同じで、架空の「動物愛護団体」の理事長に祭りあげられて、また大金を騙し取られたことがわかりました。

たぶん、作家というものは、どんな現実よりも、想像の世界に生きているのです。

それなのに、

「作家は、現実を分解して、それを再構成して作品にする。だから、現実を見る目が鋭いのだ」

と、男性作家は、私たちに主張していましたし、女性作家も、

「私は、長く子供の世界を書いてきた。今は動物の世界を書いている。一般の人たちよりも、私は、子供の世界や動物の世界を、正しく理解している自信がある」

と、私たちに、自慢していたのです。

同人の菊地さんも、だんだん現実よりも想像の世界の住人になっていっているような気がしています。以前には、それが危うく見えたのですが、今は、それが一人前の作家に近づいているような、そんな気がしてきました。

もうひとつ、山崎晴美と、作家の小沼圭介のことも気になっていました。小沼

圭介も現実ではなく、想像の世界に生きているように、見えたからです。

菊地さんは、相変わらず一生懸命に小説を書いていましたが、ただ、井上昭さんとは違っていました。

井上さんには作家としての才能はないと、思っていたのですが、世間知は人一倍ありそうですし、マネジメントの才能もあるような気がしていました。

その井上さんが、山崎晴美が作家の小沼圭介の娘だとしると、急に彼女にもたれかかったというべきかもしれません。とにかく作家の小沼圭介に、近づいていったのです。自分では、山崎晴美のためだといっていましたが、彼女を利用して、小沼圭介に近づこうとしたのは間違いないと、私は見ていました。

何しろ、現実よりも想像の世界に生きている作家です。どうなるか心配でした。

小沼圭介のおかげで、私たち「北風」の同人は、随筆集の印税、四百万円という大金をもらって、経済的にひと息ついたことは事実です。

しかし、井上さんが、これ以上、山崎晴美を利用して小沼圭介に近づくことに、私は危惧を抱いていました。

井上さんは間違いなく、何かを企んでいましたし、山崎晴美自身にとってもよくないと思っていました。

彼女が、小沼圭介の娘であることは事実ですが、何しろ、彼女が現実世界に生きているのに、小沼圭介のほうは、作家らしく、想像の世界に生きていたからです。

その格差が、悲劇をもたらすのではないか、私は、それが心配でした。こうなると、井上さんも見張っていなければならないから、大変なのです。

と、いっても、この件については、私が勝手に心配しているのですが。

3

ところが、このあたりで、もうひとりの同人、大石俊介さんのことも書いておかなければなりません。この人のことは、井上さんは、あまり言及していないと思うからです。

「北風」で、あっという間に十年間がすぎてしまいましたが、大石さんは、ほんの少し遅れて入ってきました。

誰の紹介で入ったのか、私は、はっきりとは覚えていません。私たちがカフェ

〈くらげ〉で、会合を持った時、新聞の募集欄を見て、菊地さんに連絡して、あの店に入ってきて、そのまま同人になったようにも思えます。

ただ、はっきり覚えているのは、最初から大石さんという男性に対して、ほかの同人とは少し違った印象を持ったということです。

ひょっとすると、井上さんは、そのことに嫉妬を感じているのかもしれません。

私たちは、みんな何となく貧乏たらしい格好をしていました。

特に、菊地さんは、服装にはまったく気を遣っていませんでした。

「俺は、文学のことしか考えていない。それ以外、どう見られても平気だ」

と、いつも口にしていて、それが似合っていました。

その点、大石さんだけは、最初からちょっと派手な感じでした。少し大げさにいえば、文学青年というより芸能人くさい格好をしていたのです。

それに、私たちがいつもお金に困っていたのに、大石さんは、いつでもお金には困っていないらしくて、たいてい、大石さんが会計を引き受けていました。

大石さん自身は、

「平々凡々のサラリーマンですよ」

と、いっていましたが、私たちは、何となく怪しい生活をしているように見ていたものです。文学青年や文学少女の私たちからは、そんな大石さんが格好よく見えたのも事実です。

私たちにとって「怪しく見える」ことは、格好よかったからです。大石さんが、結婚しているのかどうかもわかりませんでした。

自分では、平々凡々なサラリーマンだといっていますが、私の目から見ると、どう見ても平凡なサラリーマンには見えませんでした。

「何となく、インテリヤクザといった感じ」

と、いったのは、若い山崎晴美でした。

「インテリヤクザ」というのが、具体的にどんな人間なのかはわかりませんが、漠然と、その言葉が似合っていました。

以前、私と大石さんの二人は、東京のホテルのレストランで食事をしたことがありました。

その時、同じレストランに、小沼圭介がいたのです。向こうは、出版社の編集者らしい人間と一緒でした。

その頃、小沼圭介の書いた作品〈湘南《しょうなん》ラプソディー〉がベストセラーになって売れていました。

私が、そのことをいったら、大石さんは、にやっと笑って、

「あれ、俺が書いたんだよ」

と、いきなりいったのです。

私は笑ってしまいました。そんなはずがないと思ったからです。

「信じないんだね」

と、大石さんが、いいました。

「当たり前でしょう」

と、私が、いうと、

「小沼圭介のような売れっ子は、あまりにも忙しくて、書き下ろしを約束しても、何年もかかる時があるんだ。そんな時に、誰かに書かせてしまう。そういうことがあってね。あれ、俺が書いたんだよ。小沼圭介の文章というのは、わりと簡単だから、真似するのも楽だったし、どんな作品を書けば小沼圭介らしく見えるかもわかっていたから、一カ月で書いて小沼圭介に渡した」

大石さんは、小声で話し続けました。

それでも、私は信用しませんでした。当たり前でしょう。

大石さんは急に、バッグから七、八十枚ぐらいの原稿を取り出して、私の前に置いた。その原稿の題名は〈AからBへの手紙　小沼圭介〉と、書かれていた。

「何なの、これ？」

私がきくと、大石さんが、いった。

「小沼圭介が、雑誌『近代』に書くことになっている短編だよ。忙しくて、どうしても間に合いそうもない。それで困って、俺に頼んできたんだ。いつもの調子で八十枚書いてくれって。それで書いたのがこれだよ。君は、俺を信用していないみたいだが、来月号の『近代』に、この原稿と同じものが載る。小沼圭介の名前でね。そうしたら、俺の才能も少しは認めてくれるんじゃないのか」

と、大石さんが、笑いました。

その後、何となく、気にしてはいると「近代」に、小沼圭介の八十枚の短編が載ったのですが、驚いたことに、大石さんが見せてくれた原稿と、まったく同じものでした。

次の「北風」の会合があった時、大石さんが、私を誘って、銀座《ぎんざ》に出て食事を奢ってくれました。その時、大石さんは勝ち誇った顔で、

「どうだ。俺のいうとおりだっただろう」

と、いいました。

私は、それでも信じられませんでした。小沼圭介といえば、大作家じゃないですか。それなのに、どうしてこんな姑息な手段を取るのでしょうか？

「売れっ子になりすぎたんだよ。だから、どこの出版社でも小沼圭介の作品をほしがる。それを全部引き受けてしまったら、締切に間に合わない。それでも、長いつき合いの出版社には、何とかして作品を書きたい。でも、時間がない。そういう時に、俺にお座敷がかかるんだ。もうすでに小沼圭介の作品として、長編一本に、短編五本かな。それだけ引き受けているよ」

と、大石さんが、いいます。

「でも、わからないわ。あなたにもそんな才能があるわけだから、どうして、自分の作品を売ろうとしないの？」

私が、つっけんどんにいうと、大石さんは、また笑って、

「小沼の文章というのは、簡単なんだがちょっとした癖があってね。それを真似ているうち、いつの間にか、俺自身の文体がわからなくなってしまったんだよ。だから、自分の文体を取り戻そうとして、同人雑誌としては無名の『北風』の同

人になって、幾つか書いた。しかし、自分の文体に戻れないんだ。自分の文体が、わからなくなってしまっているんだ」

「そんなことってあるのかしら？」

「あるからこそ、俺がこうしているんだ」

「それで、小沼圭介からは、どのくらいの原稿料をもらっているの？」

「短編で、小沼圭介からは十万円。だから、今日は十万円、懐にあるから君に奢ってあげられるんだよ。だから、夕食のあともつき合ってくれ」

大石さんは、強引に私を誘いました。その結果、銀座のクラブで飲んだのですが、大石さんのほうが、すっかり泥酔してしまって、私が、彼をマンションまで送っていくことになってしまったのです。

私は、大石さんのことを半ば信じ、半ば信じませんでした。とにかく、ベッドに寝かしつけて帰ろうとした時、大石さんの携帯が鳴りました。

でも、出たらいいのか、出ないほうがいいのかわからずに、じっと見ていると、留守番電話に変わって、

「急ぎ電話乞う。B出版」

という音声が流れました。B出版は、かなり大手の出版社です。

そのあと、私は、大石さんのマンションを出ました。

その後、私は、大石さんが話してくれたことは、ほかの同人には話しませんでした。

しかし、私自身、大石さんというインテリヤクザに、個人的な興味を持ったのは事実です。自然に大石さんと話をする時間が、増えていきました。同人の、会合の時もです。

そのことに、井上さんは、嫉妬をしたらしいのです。

それで、私は、井上さんはきっと、大石さんのことは、何も書かないだろうと思いました。書けば、悪口になってしまう。たぶん、そう感じたのでしょう。

「北風」の編集後記は、全員で分担して書くことになっていて、井上さんの担当の時ですが、案の定、大石さんのことは、ひと言も言及していませんでした。

（案外、気が小さいんだな）

と、思いました。

が、そのことで私は、井上さんを軽蔑したりはしませんでした。というより、逆でした。

それまで私は、私との同棲生活について、自分に都合よく書いている井上さんが嫌いだったのですが、ここにきて少しですが、好感を持つようになりました。

女は、自分のことで男が嫉妬心を抱くのは、嬉しいのです。

ですから、少しだけ、わざと大石さんに、いちゃついて見せたりしました。途中で、馬鹿らしくなったり、自分がいやになったりして、やめてしまいましたが。

大石さんが時々、小沼圭介の代作をしているという話は、依然として半信半疑でしたが、あることがあって信じるようになりました。

その年の年末に、小沼圭介の短編集が出版されて、新聞広告には、

〈小沼圭介のすべての短編を集めた初めての短編集である〉

と、書いてあったのに「AからBへの手紙」が入っていなかったからです。

そのことを、私は、大石さんにきいてみました。

大石さんは、笑って、

「作家の良心というやつらしい」

と、いいました。

「昔、ある大作家にも、弟子に長編を書かせたという話があってね。この場合は、金に困っていた弟子を経済的に助けてやりたくて、その大作家が、長編を書かせて、それを自分の名前で出版したんだ。その作品がベストセラーになって、弟子も喜んだが、後年、その大作家の全集を出すことになった。その時、彼は悩んでしまった。弟子に書かせた作品を、どうするかでね。世間は、そんなことはしらないし、よく売れた作品だから、全集に入っていても誰もおかしいとは思わないんだが、最後は、大作家が、これは自分の書いたものではないといって、全集から除いてしまったんだ。だから、いまだに、この作品だけは入っていない」

「あなたみたいなお仕事をしている人って、多いの?」

と、私は、きいてみました。

「わからないけど、筆が立つが、無名の作家未満の人間にとっては、ありがたいアルバイトかもしれないね」

大石さんは、覚めた目で、いいました。

「出版社のほうは、大石さんみたいな人をどうやって、見つけてくるのかしら?」

「そうだね。一番多いのは、文学賞の最終選考で落ちた人間か、あるいは、全国にいくつもある同人雑誌だろうね。どちらも、無名だが筆は立つ。そんな人間を、簡単に見つけられるからね。出版社側としては便利だし、個人のほうも、ありがたいアルバイトだからね」

と、大石さんが、いいます。

「それじゃあ、私たちの『北風』も、その対象になっているのかしら?」

「そうだね。『北風』も、菊地さんが注目されるようになったからね」

と、大石さんが、いいました。

私は、

(菊地さんか)

と、思いました。

次の質問をしようとして、私は、やめてしまいました。

怖かったからです。

このあたりで〈くらげ〉の三村恵子さんのことも、書いておきましょう。

私たちのママさんのことです。私たち、貧しい同人雑誌「北風」は、彼女がいなかったら、たぶん空中分解していたに違いありません。

これは同人全員が、そう思っているはずなのです。

井上さんだって、大石さんには嫉妬していても、恵子さんのことは悪くいわないはずです。

みんな、恵子さんが好きなのです。美人だし、話が面白いし、それに、私たちは会合を、彼女の店〈くらげ〉で毎回開くのですが、いつもやらせてくれるし、コーヒーやケーキも出してくれて、五百円にしてくれているのです。

彼女は、若い時は作家志望でした。そのことも、私たち全員がしっていました。安西まゆみというペンネームで、書いていたこともです。

なぜ、彼女が作家志望を途中で断念してしまったのか、みんなが不思議がっていますが、私には、よくわかるような気がします。

たぶん、作家という仕事がいやになったのでしょう。なぜそうなったのか、私だけがしっていました。

いつだったか〈くらげ〉で何回目かの会合がありました。その時、何か面白くないことがあって、私は体調がすぐれずに、店のなかで寝てしまいました。

その間に、ほかの同人は帰ってしまい、私だけが残されてしまったのですが、その時、ママの恵子さんが秘密にしていた過去を、少しだけ覗かせてもらったのです。

恵子さんは、太宰治の熱烈なファンだったことがありました。恵子さんと、もうひとりの女友だちがいて、二人とも太宰の何もかもが好きでした。それが、女友だちは、太宰治を師と仰いでいた作家と、心中事件をおこしてしまったのだそうです。

しかし、その作家は助かり、恵子さんの親友は死んでしまいました。その事件のあと、恵子さんは、作家というものが信じられなくなったといいます。たまま、この夜が、親友の命日だったので、私に話してくれたのでしょう。

そんなこともあるので、最後に、太宰治のことを書いておきたいと思います。私たち同人五人全員、太宰治が好きです。そんな作家に憧れていました。私たちに援助してくれている〈くらげ〉のママだって、太宰治を憎んでいる、作家という存在を憎んでいるといいながら、実際には太宰治が好きなんだとしか、私には思えません。

とにかく、私たち同人全員が、太宰治のことを好きだったのです。そのなかで、一番作家に近い存在だった菊地さんは、第二の太宰治になろうとしていました。

作家としての才能はない、井上さんも同じです。

大石さんだって、小沼圭介の作品を代作して儲けているといいながら、純粋な太宰治のファンであることを、自認しているのです。

大石さんは、小沼圭介の代作をしていて、自分の文体がわからなくなってしまったといっていますが、それだって「近代」に書いた短編もどこか、文体が太宰治に似ているのです。

こんないい方はおかしいかもしれませんが、みんなが、六人目の同人は太宰治だと考えているに違いありません。

菊地さんは、ストーブ列車に乗って、太宰治の生家を訪ね、その後、自殺してしまいましたが、同人たちは、お互いに内緒で、ひとりでストーブ列車に乗って、太宰治の生家を訪ねていったことがあるように思うのです。

みんな、しらない振りをしていますが、私は絶対に、誰もが一回は、以前に太宰治の生家にいっていることを確信しています。

ほかの人間を誘わず、なぜひとりでいったのか。その気持ちは、何となくわかるような気がします。

私こそ太宰治のような作家になってみせる、作家になりたい、太宰治になりたい、そう思っていたからこそ、ほかの人たちを出し抜いて、ストーブ列車で、わざわざ雪の日に太宰治の生家を訪ねているのです。もちろん、この私もです。

ただ、ひとりわからないのは、菊地さんのことです。私は菊地さんは努力型で、このまま努力していれば、いつか作家として、一本立ちできるだろうと見ていました。すべてうまくいきそうだったと思っていたのに、なぜ菊地さんは、金木の雪原で自殺してしまったのでしょうか？

それがどうしてもわかりません。まさか、太宰治に憧れて、死を選んだというわけではないでしょう。そういう感性からは、菊地さんは最も遠くにいる人だと、私は思っていました。

だから、どうしても、なぜ自殺したのか、その理由がわからないのです。まさか、井上さんが、菊地さんの盗作について非難したことが理由で、自殺したのではないでしょう。菊地さんは、それほど弱い神経の持ち主ではありません。

それに、あの盗作問題は、さほど傷にはなっていないはずです。

なぜなら、菊地さんが、まだ無名の頃の話だからです。

私は、菊地さんが死んだ理由をしりたいのです。もう一度ストーブ列車に乗り、太宰治の生家を訪ねてみたいと思っています。そうすれば、何か答えが見つかるのではないでしょうか？

第四章　私（山崎晴美）の話

1

私は、どうしても、自分のことを書く前に、まず、母のことを話したいと思います。私の母の名前は和代《かずよ》といい、独身時代の姓は広田《ひろた》、広田和代です。

少し小柄だが、才気にあふれていた母は、作家を志していました。母、和代があこがれていた作家は、林芙美子《はやしふみこ》でした。

母が大学二年生の時、ネジ工場をやっていた父親が亡くなりました。父親の名義で融資を受けていた銀行が、たちまち手を引き、父親のネジ工場は、潰れてしまいました。

母は大学を中退し、働きに出るようになりましたが、変わらなかったのは、作家になりたいという夢でした。

母は当時、力のある同人雑誌「K」に入り、小説の実作の勉強を始めました。もともとあった才能が、同人雑誌「K」で開花して、若手の同人の間では、広田和代は、近いうちに間違いなく、作家として成功するだろうと、いわれるまでになりました。

同人雑誌「K」で、有望視されていた若手は、母の広田和代ともうひとり、小沼圭介の二人でした。

母より七歳年上の小沼は、母と自然に、二人だけで小説について話したり、同人雑誌の会合では、好きな作家について話したりすることが多く、やがて二人は同棲するようになりました。

その一週間後に、小沼が、母の前に手をついて、

「お願いがある」

と、いったというのです。

「私は、何としてでも作家になりたい。それも、売れっ子の作家にだ」

「私だって同じよ」

「わかっている」

と、小沼はいったあと、母に向かって、こんな提案をしたというのです。

「お互いに、一流の作家になるのが夢だ。ということはライバルでもある。だが、僕は、君よりも七歳も年上だ。七年のハンデを持っている。だから、お願いだ。七年間、僕を小説に専念させてくれ」

「――」

「同人雑誌『K』の編集長にきいたら、若い作家をひとり選んで、短編を書いて送ってくれと時々、出版社からの依頼があるというんだ。その時、編集長は、君にしようか、僕にしようか迷ってしまうといっている。時には、迷った挙句、僕たちとは違った別の人間を、推薦してしまうこともあるというんだ。これでは、君も僕も飛躍のチャンスを失ってしまう。だから、こうやって君にお願いしているんだ。今から七年間、私を助けてくれ。一時、作家になることを諦めてくれ。その代わり、君に約束する。僕が一流の作家になったら、何をおいても君を引き揚げて、第二の林芙美子にしてみせる」

と、小沼圭介がいったそうです。

その時、虫のいい話だと、母は思ったといいます。

しかし、ひたすら頭を下げ続ける小沼を見ているうちに、可哀相になってきて、とうとう母は、この奇妙な申し出を承知してしまったのです。

それからの母は、同人雑誌「K」に属していながら、小説を書くのをやめ、ひたすら小沼を立て続けました。

その結果、七年も経たずに五年で、小沼は新人賞をもらい、二冊目の本がベストセラーになって、見る見る「才能に恵まれた新人作家」といわれるようになりました。

その間に、私が生まれました。しかし、それでも母は、作家になる夢をどうしても捨て切れなかったのです。そこで、私をあやしながら、五年ぶりに小説を書き始めました。小沼が、あの時の約束を、守るだろうと思ってです。

ところが、売れっ子になった小沼は、仕事に追われて、母の売りこみなどできなくなっていたのです。

小沼は、そういって、母に謝っていたそうですが、これは嘘だと、私は思っています。出版社にしてみれば、売れっ子作家の小沼の原稿はほしいが、無名の母の原稿などほしくはない。そんな出版社の考えに、小沼は、おもねったに違いないのです。

母にも、それがわかったのでしょう。私が三歳になった時、母は小沼とわかれ、ある雑誌の編集長をやっている今の父と結婚しました。私のことは、小沼が認知していましたが、母が引き取ることになりました。

母は、その時でも、作家になる夢を捨て切れなかったのではないかと思います。だからこそ、雑誌の編集長をやっていた、父と結婚したのでしょう。

でも、父が編集長のその雑誌は、文芸雑誌ではなく、旅行の専門雑誌でした。それでも、父は母の書いた小説を、時々、その雑誌に載せていましたが、それが注目を浴びることはありませんでした

母は、小沼圭介のことを、めったに話しませんでした。

その母は、私が十七歳の時、持病の心臓病の悪化で入院してしまったのですが、私がひとりでお見舞いにいった時、小沼のことを話してくれました。

その話をきくと、私は、無性に腹が立ちました。小沼圭介にも母にもです。その時、私は、

「どうして、そんな男のわがままを許したの？」

と、母を難詰しました。母は、

「そうね」

と、いっただけで、そのあと、小沼について何もいうこともなく、二年後に亡

くなってしまいました。

その頃も今も、小沼圭介は売れっ子の大作家です。

母に話をきいている私は、小沼圭介という大作家に対して、憧れや尊敬など、一度も持ったことはありません。

母は、第二の林芙美子を夢見ていましたが、結局、それは果たせませんでした。でも、同棲していた小沼圭介と、つまらない約束をしていなかったら、今頃、母が大作家になっていたかもしれないのです。だから、母のことを思うと、私は、口惜しくて仕方がなかったのです。

そこで、私は、決心しました。母に代わって私が作家になる。第二の林芙美子になる。小沼圭介のことを見返してやる。そう決めたのです。

ただ、自分が、小沼圭介の娘であることをしられるのはいやだったので、同人雑誌としては小さくて無名の「北風」に入ることにしました。

「北風」の人たちなら、私が小沼圭介の娘であることなど、しらないと思ったのです。それくらいですから、私のほうから、自分が小沼圭介の娘だと、同人たちに話したことなど一度もありません。

ところが、どこからきいたのか、最初に、私が小沼圭介の娘だと気づいたのは、井上昭さんでした。

井上さんは、私が小沼圭介の娘であることをしると、私には内緒で小沼圭介の講演会のあとに、小沼圭介に会いにいき、自分が入っている「北風」の同人のなかに、あなたの娘である山崎晴美がいると、話したのです。私には、何の相談もなしにです。

その結果、小沼圭介は、私のためにといって、随筆集の印税を譲るといったらしいのです。

そして、私が拒んだその結果「北風」には約四百万円の印税が入ってきました。この一件があってからというもの、同人のなかに、私が小沼圭介の娘であることが、いっぺんに広まってしまったのです。

私は口惜しかった。小沼圭介の娘であることではなくて、亡くなった母の娘として一人前の作家になって、小沼圭介を見返してやりたかったのに、その夢が突然、消えてしまったからです。そこで、私は同人雑誌「北風」をやめて、ほかの同人雑誌に移ろうかと思いました。

でも、駄目でした。井上昭さんが、私が小沼圭介の娘であり、現在「北風」という同人雑誌に入っていることをいいふらしたので、そのことを週刊誌に取りあげられてしまったのです。

それに「北風」以上に小さくて目立たない同人雑誌は、私の周囲にはありませんでしたから「北風」で我慢するより仕方がなかったのです。

改めて同人たちを考えてみると、面白い人たちばかりです。例えば、岸本はるかさん。彼女は井上昭さんと一年間同棲したことがあると、それも、彼女がいったのではなくて、井上昭さんが、自慢げにほかの同人にいいふらしていたのです。

岸本はるかさんは、私を「小沼圭介の娘さん」ということは、ほとんどありませんでした。どうして井上昭さんのように、いいふらさなかったのか、いつだったか、岸本はるかさんと二人だけになった時に、きいてみたことがあります。そうしたら、彼女は、こういいました。

「自分は、文学の同人雑誌に入っている。しかし、本当になりたいのは、ファッションデザイナーなの」

と、いうのです。

なぜ、そんな人が「北風」に入っているのかはわかりません。でも、そのためか、岸本はるかさんは、私が小沼圭介の娘であることは、ほとんど口にしませんでしたし、私と話をする時でも、小沼圭介の名前は出しませんでした。だから、彼女と話をしている時が、一番気が楽でした。

二番目は、大石俊介さん。この人は変わった人です。普通、同人雑誌に集まってくるような人たちは、文学青年だったか、あるいは、文学少女だった頃があるものなのに、この大石俊介さんには、文学青年の匂いがまったく感じられないのです。

彼は、文学に自分を捧げよう、文学のために生きよう、死のう、そんなことは何も考えてはいません。文学について彼が考えているのは、いかにすれば金儲けになるか、つまり、いってみれば「文学商人」だと、彼のことをいったのは、井上さんです。

確かに、大石さんには、そんなところがありました。ある時の会合のあとですが、大石さんとカフェにいき、二人だけでコーヒーを飲みながら、いろいろな話をしたことがあります。大石さんは、その時までに、私が小沼圭介の娘であることをしっていたと思うのですが、それを口にすることはありませんでした。

それなのに、なぜか急に、小沼圭介という作家について、私に向かっていろいろと話をしたのです。

そのなかに、こんな話がありました。

小沼圭介は今や、大作家である。しかし、そのために忙しすぎて、頼まれた作品を書けない時がある。その時に自分が、小沼圭介から頼まれて、代作をしたことがあるというのです。

なぜ、そんな話を、大石さんが私にしたのかはわかりません。でも、大石さんの話は、私には初めてきく話で、それは、とてもショックでした。最初は、まったく信じられませんでした。

母のことがあるので、小沼圭介という作家は嫌いでした。今でも嫌いです。

私は、小沼圭介のことを憎んでいます。その一方で、何といっても私の実の父ですから、誰にでも尊敬される立派な作家であってほしいという、そういう気持ちも持っているのです。

それなのに、忙しさで、頼まれた作品が書けない。そこで、大石さんに代作を頼んでいた。私は、そんなことはしりたくありませんでした。

しかし、大石さんが、短編小説の原稿を見せてくれました。そこには「小沼圭介」の名前が書きこまれていたんですけど、そこにあった筆跡は、明らかに私がしっている大石さんのものでした。

それだけではなくて、そのあとで小沼圭介の作品として、その小説が雑誌に発表されたのです。

その後、大石さんは、私に向かって、

「こんなことは、この世界では、それほど珍しいことではないんだよ。逆にいえば、小沼圭介が大作家で、あまりにも忙しすぎて、注文をさばき切れなかった。そうしたことの証明になるんだ」

と、いいました。それは、まるで私を慰めているかのような、そんないい方でした。

確かに私は、一〇〇パーセントのうちのせいぜい一〇パーセントぐらいですけれども、小沼圭介のことを尊敬していたのに、その尊敬が、どこかに消えていってしまったような、虚しさを覚えていましたから、そんなことが顔に出ていたのかもしれません。

それで、大石さんは、私を慰めようとしたのかもしれませんが、別にその言葉で、私は喜んだりはしませんでした。なお一層、私は、自分が何とか自分の力で作家になって、林芙美子を目指してやろう、そういう気持ちが強くなっていっただけでした。

もうひとり、私が気になった人は、カフェ〈くらげ〉のママ、恵子さんです。どちらかといえば「北風」の同人的の恵子さんというよりも、私は〈くらげ〉のママの恵子さんのほうが好きです。恵子さんは、私の気持ちをよくわかってい て、私の前では絶対に、小沼圭介の名前は出しませんでした。

カフェ〈くらげ〉で会合があって、誰かが小沼圭介のことを話し出すと、ママの恵子さんは、さり気なく、ほかの話題に持っていってくれました。恵子さんは、私のことを気遣ってくれていたのです。

その恵子ママが、若い頃、小説を書いていて安西まゆみのペンネームで短編「古都残影」を発表したことがあるとしってから、私は恵子さんと小説について、いろいろと話をするようになりました。

私が、いつかは、小沼圭介に負けないような立派な作家になりたいと、他人にいったのは、恵子さんが初めてです。

それまでの私は、作品を書くと「北風」に発表したり、ほかの同人に批評を頼んだりしたのですが、その後は、作品を「北風」には発表しないで、恵子さんに見てもらうようにしました。

恵子さんのほうが、ほかの同人よりも、私の作品を、小沼圭介の娘の作品としてではなくて、冷静に、山崎晴美の作品として読んでくれると思ったからです。

そして時々、恵子さんは、私を励ましてくれました。

ママの恵子さんは、私たちのなかで、最年長の五十八歳ということもあって、優しい母親のような存在として考え、恵子さんも、それらしく振舞ってきました。

実際にも〈くらげ〉で会合を開く時には、恵子さんは、会場費も取りませんでした。コーヒーや紅茶といった飲み物やケーキなど、すべて五百円しか取ろうとはしませんでした。

だから、私たちは、いつも恵子さんに甘えていました。甘えさせてもらうことを、当然だと思っていたのです。

それどころか、私たちが甘えているのを、恵子さんも喜んでいると、口にする人もいたのです。

私も、時にはそんな気分になって、いつもにこにこしている恵子さんの笑顔を見ていました。

それが間違いだと気づいたのは、何回目かの会合の時でした。

その日の会合も、カフェ〈くらげ〉で開いて、いつものように私たちは、五百円でコーヒーや紅茶などを飲みたいだけ飲み、遠慮なくケーキを食べて、いいたいことをいって騒いですごしました。

なかには、ビールを持ちこんで飲んでいた人もいました。

その時、私も久しぶりに短編を書きあげて嬉しかったので、ビールを飲みました。ビールの肴は恵子さんの厚意でしたし、私たちは、何回も彼女の厚意で会合を開いていましたから、誰もが、その代金を払うことを忘れてしまっていました。

お酒に弱い私は、その時酔ってしまって、気がついた時、店に残っていたのは、私と恵子さんの二人だけでした。目が覚めたものの、すぐには起きあがるのが億劫で、横になったまま、ぼんやりと恵子さんの動きを見ていました。

同人たちの宴のあとは、乱雑を極めていました。

私のほかにも、ビールを飲んでいた同人がいたので、空き瓶が、いくつも床に転がっていました。食べ残しのケーキが、点々としていました。

私が見ていると、恵子さんが、そんな食べ残しのケーキを、丁寧に段ボール箱に入れています。それは明らかに、捨てるために集めているのではなく、自宅に持ち帰るためでした。

私は慌てて、今まさに目覚めたふりをして、恵子さんを手伝おうとしました。

「ありがとう」

と、恵子さんはいい、

「もういいわ。もうこれで充分。どうもありがとう」

と、繰り返しました。

残ったケーキを集めた段ボール箱を、丁寧に風呂敷に包んでから、

「帰りましょうか。晴美さんを、駅まで送ってあげる」

と、いいます。

私は、恵子さんに、駅まで送ってもらうことになったのですが、どうしても風呂敷包みのことが気になって、仕方がありませんでした。

「それ、お子さんの分ですか？」

と、思い切って、恵子さんにきいてみました。

私は、恵子さんとかなり親しくなったと思っていましたが、それでも、どんな家庭なのかをきくことは、遠慮していました。ただひとつだけきいていたのは、母子家庭だということだけでした。

「ひとり娘が、孫を連れて帰ってきてるんですよ」

と、恵子さんがいいます。

「お孫さんは、甘いものがお好きなんですか?」

と、私はききました。

「女の子で、甘いものが大好きなのよ」

と、恵子さんがいった時、駅に着いてしまいました。

私は、それ以上はきけずに恵子さんとわかれ、電車に乗ってしまったのですが、しばらくの間、恵子さんが持ち帰った風呂敷包みのことが目に焼きついていて、なかなか眠れませんでした。

別に、日常的な何でもないことかもしれないと、そう思おうとしました。娘と孫のいる家庭は、それほど珍しくはないでしょう。孫が甘いものが好きなので、食べ残したケーキを持ち帰ることにした。それだけのことかもしれないのです。

それでも、私は気になって、岸本はるかさんに、このことを話してみました。

はるかさんは、すぐに私の気持ちを察してくれて、

「今までみたいに『くらげ』のママに甘えているのはいけないと、あなたは、そういいたいんでしょう?」

と、きいてきました。

「ええ、そうなんです。私たちは、今まで『くらげ』のママに、あまりにも甘えすぎてきたのではないかと思います。月に一回ぐらいの会合を、あの店でやらせてもらって、飲食代が五百円でもまったく平気でした。でも、あの店だって楽じゃないと思います。先日、はっきりとわかりました。これからは、会合を会費制にして、費用をきちんと払うべきだと思うんです」

「そうね」

「岸本さんだって、そんなふうに思うでしょう？」

岸本はるかさんは、同じ言葉を口にしました。語尾が少し長いだけでした。

「そうねえ」

そのことに、私は、首をかしげてしまいました。

「岸本さんは、賛成じゃないんですか？　あのママだって、きっと生活が苦しくて、私たちに会合の費用を、全額出してもらいたいと思っているに決まっています。今までのことがあるので、自分のほうからはいい出せずに、困っているのではないかと思うのです。私は、同人のなかで一番若いので、こういうことは、岸本さんの口からいってほしいのです。お願いします」

と、私はいいました。

今度は、はるかさんも「そうねえ」という曖昧ないい方はしませんでした。はるかさんは、

「確かに、晴美さんのいうことも、よくわかるわ」

と、いいましたが、

「でも、少し考えてみて」

とも、いいました。

「でも『くらげ』のママは、決して生活は楽ではないと思うんです」

「あのお店は、恵子さんの趣味でやっているので儲からないの」

「そうなんですか?」

「そうよ。一番大変なのは、人件費だから、ママはひとりでやっている」

「それじゃあ、岸本さんは、恵子さんが苦しいことをしっていたんですか?」

「ええ、儲けがほとんどなく、経営も苦しいこともしっているわ」

「じゃあ、どうして、ひと月に一回の会合は、会費制にして、きちんと費用を払うことを、提案しなかったんですか?」

私は、少し腹が立ちました。すべてをしっていながら、どうして今まで平気で、恵子さんに甘え続けていたのかと思ったからです。

私は、むっとして黙っていましたが、意を決して、

「ねえ、はるかさん」

と、声を落として、いいました。

「私は、どうしても月一回の会合は、会費制にして、恵子さんにきちんと、料金を払うべきだと思います」

「そのとおりよ」

「でも、どうして、岸本さんは、イエスといわないのですか？」

「恵子さんは、若い頃、作家を志して、夢中でペンを走らせていたんですって」

「ええ、そのことはしっています。今でも、当時書いた『古都残影』という短編の作品が残っているときいています」

「それが、どうなったのかはわからないんですけど、小説を書くことをやめてしまって、五十八歳になった今は『くらげ』というカフェのママさんをやっている」

「ええ」

「今はもう、作家になるという夢は捨てていて、じゃあ、いったい何が、彼女の生甲斐かというと、若い作家志望の集まりである『北風』の、月一回の会合の世

話をすることではないかと思うの。だって、その日のママは、やたらに嬉しそうで、顔が輝いているのよ。たまにほかの日に『くらげ』にいくと、ママは、いつも疲れたような顔をしている。だから、ママは、私たちの会合費用を安くして、辛いけど、それが嬉しいんだと思うの。苦しくても、費用を安くしていることが楽しくて、仕方がないんだと思うの。あなたがいうように、費用を私たちが全額持って、貸し切りの料金を払ったりしたら、おそらくママさんは、生甲斐を失くしてしまうに違いないわ」

岸本はるかさんの言葉に、私は返事に窮して、黙ってしまいました。彼女がいうことを、私は、今まで一度も考えたことがなかったからです。

「それじゃあ、私たちは、どうしたらいいんですか?」

と、私はききました。どうしても〈くらげ〉のママの恵子さんに甘えているのは、いやだったからです。

「そうね。私たち同人のなかから、ひとりでも二人でもいいから、有名な作家になって、ママさんに、今までのお礼だといって現金でもいいし、何か品物でもいいから、お礼をあげたら、おそらく、ママさんも喜んで受け取ると思うわ」

と、はるかさんがいいました。

確かにそうなれば、恵子さんの気持ちを傷つけずに、お礼をすることができるに違いありません。

「でも、同人のなかに、そんな人がいるでしょうか？」

と、私はききました。

はるかさんは、笑いながら、

「あなたがいるじゃないの」

と、いいましたが、これは、きっとお世辞に違いありません。

「私以外の同人です」

「そうねえ」

と、はるかさんは、ちょっと考えてから、同人のひとりひとりを俎上に載せて、いいました。

「まず井上昭さんだけど、彼は言葉だけで、実力が伴わない典型的な実例かもね。自分では、実力があると思いこんでいる。でも、それを反省することがないから、幸福といえば幸福ね」

「大石俊介さんは、どうですか？　大作家の代作をしたといわれていますけど」

「晴美さんは、大石さんには、才能があると思っているんでしょう？」

「ええ、大石さんが代作した短編が、本物として雑誌に載っていますから」

「私から見れば、それは、彼の才能が貧困だという証拠だわ」

と、はるかさんは断り捨てました。

「どうしてですか？」

「だって、考えてもごらんなさいよ。大石さんの場合、彼自身の小説は、一度も認められたことがないのよ。それなのに、有名作家の真似をすると、見事なほど似ていて、雑誌に載ってしまう。それは、まともに考えれば、とても不幸なことだわ。他人の真似はできるのに、自分の小説は書けないんだから。こんな不幸なことはないと、私は思うわ。彼は、インテリヤクザを自称しているけど、真面目だったら、今頃、自殺をしていたんじゃないかと思うわ。自分が見つからないほど不幸なことはないから」

「菊地順二さんのことは、どう思います？」

と、私がきくと、はるかさんは、また少し考えてから、

「あなたは、どう思うの？」

と、逆に質問してきました。

「私より、岸本さんの意見をおききしたいんです」

私が、もう一度きくと、今度は笑って、

「あなたは、菊地さんが好きだったんでしょう？　会合の時の発言をきいていると、そう思うもの」

と、いいました。

岸本はるかさんの言葉は、本当でした。同人のなかで、菊地さんが一番好きでした。でも、それは男の人としてではありません。作家としての才能を、一番買っていたのです。

とにかく、菊地さんほど作家になりたいという願いを、いつも口にし、態度に出していた人間を、私はしりません。

私が小沼圭介の娘だということを同人たちがしると、興味を示し、それを利用しようともしました。

でも、菊地さんだけは、まったく興味を示さなかったのです。

菊地さんは、ただひたすら、自分が作家として世の中に認められることだけを、考えていました。

面白味のない男なのです。でも、私は、そんなただ一筋の菊地さんのことが、好きでした。

「北風」の同人からも、作家として最初に世に出るのは、菊地さんだろうと見ていました。

確かに、いつも菊地さんは、小説のストーリーを考えていました。とにかく、菊地さんは、いつも小説のことだけを考え、書いていたのです。

だから「北風」の毎号に、菊地さんの作品が載っていました。

その努力が報われて、菊地さんの作品に対して、世の中の評価が高まるようになってきていました。

私も、菊地さんのために、よかったと思っていました。

そんな時、菊地さんが、ある出版社の新人賞を受賞したのです。もちろん文学の世界に、一歩、踏みこんだといったところですが、多くの有名作家が、同じ新人賞から出ているのです。

だから、例の〈くらげ〉で、菊地さんをお祝いするパーティをやりました。その時、菊地さんは、賞金百万円のなかの十万円を、今までのお礼として、ママの恵子さんに渡しました。

(これで、私の不安も、一〇パーセントは消えてしまった)

私も、そう思ってほっとしていたのに、突然、菊地さんは、太宰治の生家のある金木の雪原で自殺してしまったのです。

私には信じられませんでした。菊地さんは、同人のなかでもっとも強く、作家になりたがっていた人間だからです。

地元の警察は、自殺と結論づけましたが、私には、まったく信じられませんでした。そのことは何度でもいいたいのです。

菊地さんは同人のなかで、一番、作家になりたがっていた人間なのです。そのために努力もしていました。それが、ようやくものになりそうになってきたのに、なぜ、菊地さんが自殺をしなければならなかったのでしょうか。

その点が、私には、どうしてもわからないのです。

菊地さんが、太宰治の大ファンだということは、同人の誰もがしっていました。

「だから、太宰治のように、自殺をしたんだろうと、いう人もいるわ」

と、岸本はるかさんが、いいました。

「でも、私は信じません。菊地さんは、太宰治にまったく似ていません。太宰治みたいに、何回も自殺を試みたということもきいていません」

と、私はいいました。

「それじゃあ、あなたは、いったいどう考えているの?」

「二つ考えているのです」

「それを教えてくれない?」

「誰かが、菊地さんを自殺に見せかけて殺したか、それとも、誰かが、菊地さんを自殺に追いやったか、どちらにしろ、菊地さんは、殺されたような気がします」

と、私はいいました。

はるかさんは黙って、私の顔をじっと見ていましたが、

「そうなの。あなたは、菊地さんが誰かに殺されたと、そう思っているのね?」

と、いいました。

「そうです。だって、自殺する理由がありませんから」

と、私はいい、この時の岸本はるかさんとの会話は、そこで終わってしまいました。

でも、私は、菊地さんの自殺は、時間が経っても、どうしても納得できませんでした。

同人は全員が、菊地さんの自殺は信じられないと、いいました。

しかし、私は同人のなかに、菊地さんを死に追いやった人間が、いるのではないかと、疑っています。

例えば、井上昭さんです。

もちろん井上さんも、会合の時は、菊地さんが自殺などするはずがない、誰かが、自殺に追いやったんだと、おっしゃっていますけど、井上さん自身、充分に怪しいと、私は思っています。

井上さんという人は、人一倍嫉妬深くて、誰よりも偉くなりたいと思っている人なのです。

特に、自分の友人たちや、仲間のなかから、自分よりも先に、世の中に出ていく人間がいることに対して、猛烈な嫉妬心を持っている人だと、私は思っています。

菊地さんの発表した作品が激賞された時、井上さんは、盛大なお祝いのパーテ

2

ィを開くといい、実際にそのとおりのことをしたのですが、同時に、井上さんが、菊地さんの作品は、どうやら盗作らしいといっているという声も、きこえてきたのです。その時、私には、その声をまったく信じられないと、否定できなかったのです。

大石俊介さんにしても、怪しいことに変わりません。いつも自らをインテリヤクザだといって、

「自分は、有名作家にたかって、金儲けをしている」

と、悪人ぶっています。それが、時には露悪的で、私には格好よく見えたのですが、そんなことの常習者だとしたら、自分の傍らには、いてほしくない人のひとりです。

大石俊介さんという人にも、少数ですが、ファンがいるそうです。

彼のような悪人が、格好よく見える時代なのだと思います。善人は面白くないし、退屈ですから。

その大石さんが、菊地順二さんのことをどう見ていたのか。

それがわかれば、彼が自殺に追いこんだ犯人なのか、それとも違うのかがわかるのではないかと思うのです。

菊地さんが大作家だったら、大石さんにとって、金儲けのタネになっていたでしょう。

それなら、菊地さんのことを大事にしていたでしょう。これまでのように、大作家の代作で儲けることもできたし、そのアルバイトのあとで、大作家を脅迫することだって、できたからです。

ところが、新人賞をもらっただけの菊地順二さんは、代作で儲けるまでいっていないし、脅迫もできません。

中途半端な存在の菊地順二さんなのに、自分のいうことをきかないし、作家として金儲けの存在にならないことに腹を立てて、自殺に見せかけて殺してしまったのでしょうか？

ほかに、岸本はるかさんもいます。〈くらげ〉のママ、恵子さんもいます。

二人とも、人を自殺に追いやったり、自殺に見せかけて殺したりといったことはやらないように思えますが、しかし、こればかりはわかりません。

そんな時に、井上昭さんは、雪の降る金木をたずね、菊地さんが自殺した雪原にいき、墓標を見てきたと、報告したのです。

その時、井上さんは、衝撃的な話をしました。

同人全員で金木にいき、雪の現地に墓標を立てました。

「この墓標の裏に、何者かがマジックで、悪戯書きをしていました」

と、井上さんが報告しました。

そこに書かれていた文言を、井上さんが写真に撮ってきたのです。


〈真実を語らずに死んだ友よ〉


と、あります。

同人たちは、その文言にショックを受けました。

井上さんは、その写真を、私たちに見せつけながら、こういったのです。

「誰かが、雪の日に金木にいき、われわれが立てた木の墓標の裏に、こんな文言をマジックで書きつけたんだ。その犯人は、もしかしたら、われわれ同人のなかにいるかもしれない。その人間は、菊地が自殺した理由をしっていると、私は思っている。あるいは、自殺ではなく、自殺に見せかけた殺しの動機をしっている。そう考えた私は、この文字を書いた人間を絶対に探します」

と、井上さんは、私たちに向かって、宣言したのです。

日頃の井上さんの言動が、人一倍立派だったら、私たちは、彼の言葉を信じたことでしょう。

しかし、井上さんの日頃の言動には、どこか怪しげなところがあったので、私は、簡単には彼の言葉を信じることができませんでした。

だから〈真実を語らずに死んだ友よ〉という文言だって、井上さんが、自分で墓標の裏に書いたものかもしれないのです。

それに、井上さんの話は、あまりにもうまくできすぎていて、何かおかしい。私は、そう考えました。

そのうちに〈くらげ〉での会合で、井上さんが、こんな言葉を口にしたのです。

「私が写真に撮ってきた『真実を語らずに死んだ友よ』だが、この言葉の謎を解く作品を書けば、立派なミステリーになるはずだ。今年の夏、七月末の締め切りで、ミステリー文学賞が作品を募集しているから、自分は絶対に、この言葉の謎を解いて、ミステリー文学賞を手にする」

同人に向かって、宣言したのです。

この二日後に、週刊誌が、この井上さんを取りあげました。

そのなかで井上さんは、自殺した菊地順二さんのことを説明し、自分は友人として、この言葉の謎を解いて、ミステリー文学賞に応募すると、話しているのです。

私は、週刊誌に発表された記事を読んで、さらに井上さんが嫌いになりました。

まるで菊地順二さんの自殺を、売り物にしているように思えたからです。そこには、菊地さんの死に対する悲しみは、まったくきこえてきませんでした。

井上さんは、自分のために菊地さんの死を利用していて、もっといってしまえば、菊地さんを自殺させたのは、井上さんではないかという疑いが、大きくなっていくのを感じたのです。

(井上さんに負けるものか)

と、私は、自分に誓いました。

七月末締め切りのミステリー文学賞に応募して、必ず受賞して見せる。また、その作品のなかで、井上昭さんが、菊地順二さんを自殺に追いつめた犯人であることを明らかにしてやると。

私は、その作品のために、もう一度、金木にいくことにしました。

応募する作品のためにであり、同時に、菊地順二さん自殺の謎を解くためです。

3

私は、同人の誰にも告げず、東京を出発しました。

私が乗ったのは、三月十九日一一時二〇分東京発、新青森行の「はやぶさ17号」です。東京は、小雨でした。氷雨で、初春というには、ほど遠い天気でした。

新青森には、定刻の一四時四三分(午後二時四十三分)に着きました。ここでは完全な雪になっていました。

やたらに寒い日でした。しかし、私は幸先よしと、自分に、いいきかせました。

菊地さんが金木で死んだ三月五日も、雪が残っていたからです。同じ雪と寒さを共感したら、菊地さんが、なぜ雪の金木で自殺したのかの謎解きも、できるのではないかという期待が持てたからです。

五所川原までいき、ここで一列車を待ち、ストーブ列車に乗ることにしました。

あの日、菊地さんは、なぜか五所川原駅で一列車遅らせて、ストーブ列車に乗っているからです。

その謎を解こうと、井上さんがここにきていて、彼は、自分も菊地さんの真似をして、一列車遅らせて、ストーブ列車に乗ったと報告しましたが、ストーブ列車の謎は解けなかったと、同人たちに話しています。

私も同じように、一列車遅らせて、ストーブ列車に乗りました。

さすがに人気があって、ウィークデイにもかかわらず、二両編成のストーブ列車はほぼ満員でした。

車内の光景は変わりません。ダルマストーブに、車掌が石炭をくべていきます。

乗客たちは、そのストーブに車内販売で買ったスルメをのせて焼きます。

この列車では、ストーブの近くが特等席です。私も、五所川原駅で乗ると同時に、特等席に座りました。

車内でスルメを買い、ストーブで焼くことにしました。

地元の人たちとの間に、簡単な会話が生まれます。

私に声をかけてくるのは、ほとんど男性ではなく女性で、それも例外なく、お年寄りです。

「どこからきたの?」

「ひとりなの?」

「えらいねえ」

「気をつけてね」

そんな短い言葉です。型にはまってはいても、東北訛りのせいか、柔らかい笑顔のせいか、旅人である私は、温かい雰囲気に包まれていきます。

菊地さんがストーブ列車で、金木に向かった時も、今日の私のように、地元のお年寄りたちが話しかけてきたのでしょうか?

窓の外を見ると、粉雪が少しばかり、吹雪に近くなってきました。私が、参ったなと思っていると、対面に座っていた小柄なお婆さんが、

「あんたは、金木までいくんだろう? それなら、着くまでに雪はやんでるよ」

と、予言して、次の駅で降りていきました。

その駅のホームも白一色でした。このぶんでは、金木は大雪だろうと、覚悟し

たのですが、金木に近づくにつれて、あのお婆さんの予言どおり、雪は少しずつ勢いがなくなり、金木の駅に降りる時には雪がやんで、厚い雲の隙間から陽が差していました。

それでも、金木の町は、白一色です。私は駅近くの店でゴム長を買い、履き替えることにしました。

その近くのカフェで、温かいコーヒーを注文して、ひと休みすることに決めました。

その間に、店のママさんに頼んで、タクシーを呼んでもらいました。

やってきたのは個人タクシーで、五十歳くらいの運転手です。

「今から一年少し前に、この先で東京からきた観光客が、雪のなかで自殺したんだけど、そのことを覚えていませんか？」

私は、菊地さんの写真を運転手に見せてみた。

あまり期待しなかったのだが、運転手は、写真の顔に見覚えがあるという。

「確か、この先の道祖神の傍らの雪原で、自殺していた人でしょう？」

私は、てっきり彼が、あの日に菊地さんを乗せたのだと思って、

「どんな様子だったか教えて下さい」

と、いったが、違っていた。

「あの日に、写真の人を乗せたのは、私ではなくて、仲間の運転手です」

と、いう。それでも、私は嬉しくなって、

「その運転手さんの名前を教えて下さい」

「岡村《おかむら》一《いち》太郎《たろう》。確か四十二歳。男の厄年だっていっていたからね」

「その岡村さんに、ぜひ会いたいんです。金木のどこにいけば会えますか？　教えて下さい」

「困ったな」

「まさか、亡くなったんですか？」

「実は、あの事件のあと、突然、引っ越ししてしまったんです」

「引っ越し先はどこです？」

「それがわからないんですよ。タクシー仲間にも黙って、突然なんです」

「でも、役所にいけば、行き先がわかりますね？」

「私も、岡村がどこに引っ越したのかをしりたくて、役所にいって住民票を見せてもらったんですが、住民票が変わっていないんですよ。岡村の奴、住民票を変えるのを忘れているんです」

「わざとでしょうか？」

「わかりません。まったく連絡がつかないんですよ」

「岡村さんは、自殺事件について、何かいっていませんでしたか？」

「そうですねえ。あの事件のあと、私は気になって、彼にきいたことがあるんですよ」

「どんなことをですか？」

「自殺した人は、最後に岡村のタクシーに乗ったわけだから、自殺の予感みたいなものを感じたかって、きいてみたんですよ」

「そうしたら？」

「自殺するなんて、まったく考えられなかったというんです」

「どうしてかしら？」

「岡村は、こういっていました。あの日、現場まで運んでわかれる時、お客さんが、時間がきたら、迎えにきてほしいから、携帯の番号を教えてくれと、こういったというんです。あいにくメモ用紙がなかったので、手帳のページを破いて、お客さんに渡したというのです」

「その電話は、どうなったんですか？」

「二時間ぐらいしたら連絡するといわれたので、そのつもりでいたら、とうとう電話はかかってこなかったというんです。それで、ほかのタクシーを使ったんだろうと思っていたと、いっていましたよ」

「まったく、岡村さんには、連絡がなかったんですか？」

と、私は念を押したが、

「岡村は、時間を空けて待っていたが、連絡はなかったといってましたね。そのうちに、お客さんが自殺したとしって、びっくりしたと、いっていましたよ」

「その話、岡村さんに確認しましたか？」

「いや、もう一度、きいてみようと思っていたんですが、引っ越してしまって」

「岡村さんは、その話を警察にも伝えたんでしょうか？」

「わかりません。警察は、自殺、他殺の両面で調べていたようですが、自殺と断定したらしいです。それに、警察は秘密主義だから、岡村から例の話をきいたかどうか、わかりません」

「自殺と判断したとしたら、警察は、岡村さんの話は取りあげないでしょうね。邪魔になるだけだから」

と、私はいった。

理屈では、そうなるからだ。

その代わりに、私は、井上昭さんを乗せたタクシー運転手を探し出して、話をきくことにした。

私としては、井上昭さんの話が、本当かどうかを確認したかった。そこには、自分でも意識しなかったが、井上昭という男に対する不信があったのだと思った。

今年の三月五日になって、井上は、菊地順二が自殺した金木の現場を訪ね、墓標の裏に書かれた文字を発見したと、同人たちに報告した。それが本当かどうかを、私はしりたかった。

そこで、井上を乗せたタクシー運転手を見つけて、その日に何があったのかをきいてみたのだ。

運転手は、井上が、木の墓標の裏側に、マジックで文字が書かれているのを見つけて、興奮していたのは事実だと、証言した。

ただ、運転手が、別の話を教えてくれた。

「墓標の裏側に書かれていた文字ですけど、お客さんは、発見して喜んでいらっしゃいましたが、本当のことをいえば、かなり前から書かれていたんですよ」

と、いうのだ。

「三月五日のお客さんにも、そのことを話しましたか？」

「それが、お客さんが、その日に初めて見つけたみたいに、興奮していらっしゃったので、ずいぶん前から書かれていたとは、いえませんでした」

「正確には、いつ頃から書かれていたんですか？」

「正確なことはわかりませんが、私は、去年の十一月には、もう見つけていましたよ」

と、運転手はいう。

「何と書かれていたか、わかりましたか？」

「確か『真実を語らずに死んだ友よ』と、書いてあったと思いますね」

「それを誰かに話しましたか？　例えば、警察にですが」

「警察にはとくに話しませんでした。警察は、自殺と断定していましたから、少し怪しいみたいな話は、受けつけないと思ったんです」

「ほかに話した相手は、いませんか？」

私が、最後にきくと、運転手は、びっくりする話をしてくれた。

「あの墓標には、それを立てた人の名前が書いてあるんです」

「それは、よくしっています」

「確か、同人雑誌『北風』の名前と東京の住所でした」

「ええ、そうなんです」

「だから、私は、その同人雑誌に教えてあげようと思って、封書で宛て名を書いて、投函したんです。残念ながら、返事はありませんでしたけどね」

と、運転手はいう。

「宛て名は『北風』でしたか、それとも、代表者の名前ですか?」

「同人雑誌『北風』御中にしたと思います。個人名を書いた覚えがありませんから」

「所番地は、何と書いたか覚えていますか?」

「東京都新宿区と書いたのは、覚えていますよ。あ、それから、何とかいうマンション内だった」

「正確に、その手紙をいつ出したのか、わかりますか?」

「今もいったように、去年の十一月に、墓標の裏の文字を見つけていますから、たぶん、その直後です。十一月の末かな」

「返事はこなかった?」

「ええ、そうなんです。それで、少しばかり腹が立ったんですよ。こっちは、何かの役に立てばと思って、わざわざ手紙を書いたんですから」

「今年の三月五日に、井上昭さんがきましたが、彼からお礼はなかったんですか?」

私がきくと、運転手は笑って、

「ぜんぜん。第一、墓標の文字は、自分が初めて見つけたと思っている人だから、私に、お礼をするはずがないでしょう」

と、いうのだ。

「警察には話さなかったんですね?」

「ええ」

「東京にある『北風』という同人雑誌には、手紙を書いて送って下さった?」

「ええ」

「それは『普通郵便』ですか、それとも『速達』ですか?」

「普通です。あれって、速達でも普通より早く着くとは限らないんだそうですよ。だから、普通にしました」

「ほかに墓標の文字をしっている人物はおりませんか?」

「ここのタクシー運転手は、ほとんどみんなしっていますよ」

「どうしてですか？」

と、私がきくと、運転手は、また笑って、

「井上昭さんですが、墓標の文字を発見して、あんなに大げさに喜んだら、ご案内した私が、運転手仲間に喋ってしまいますよ」

第五章　私（大石俊介）の話

1

私は、同人雑誌「北風」でただひとりだけ、ちょっと遅れて同人になった人間である。私自身の話をすれば、それまで別に、同人雑誌に入りたいと思ったことはなかった。

大学時代は、一応、文学青年で、自分で小説を書き、社会人になってからも小説は書き続けた。自慢をすれば、有名な文学賞の最終選考まで残ったことが三度ある。そのなかの一回は受賞寸前だった。

しかし、五人の選考委員のうちの三人が推してくれたのだが、結局、この時は受賞者がなく、その時点で、私は文学賞を狙うことを諦めてしまった。

ところが、文学賞の最終候補に三度なったことがもとで、少しは、名前がしられるようになり、それに相応しいアルバイトを手にしたことがある。その縁で知り合った出版社の人から、奇妙なアルバイトを頼まれたのである。

三浦英治《みうらえいじ》という老作家がいた。ある地方新聞が、その作家に連載小説を依頼した。地方新聞にも、連載小説が載ることになる。

しかし、資金繰りに苦しんでいる地方新聞では、有名作家は原稿料が高いので、手が出せない。それでも、どうしても、その作家の連載小説がほしければ、地方新聞が何紙か共同で、通信社に連載を依頼することになるのだが、たいていは、新人作家に依頼するか、最近は書かなくなった、かつての人気作家に頼むかする。

そんな作家を見つけ、連載を依頼するのは、その地方新聞の東京支社の仕事である。この時、三浦英治に目をつけたのは、東北秋田《とうほくあきた》の地方新聞Nの東京支社長だった。

三浦英治は、この時、七十三歳。ひと言でいえば、忘れられた作家だった。その三浦英治に支社長が目をつけたのは、この作家が、三十代に書いた秋田を舞台にした恋愛小説が、ベストセラーになり、映画化されて、三百億円の収益をあげていたからである。

秋田市内には、その映画の記念碑が立っていた。

何よりも、支社長が、三浦英治を買ったのは、彼が、秋田の生まれだったことである。その支社長は三浦英治に会い、連載を頼み、条件について話し合った。

三浦英治は、大喜びで、実は、書き下ろしの作品を、三百枚まで書いている。舞台は秋田であるというので、支社長は、一回三枚だから、百回分は書き溜めしていることを、大きく宣伝することにした。かつての人気作家が、自信満々に書く連載小説を、今回の売りにしたのである。

そして、一回目が始まった。

ところが、二回目が掲載されたあと、三浦英治が心臓発作で急死してしまったのだ。その上、支社長が三浦のマンションを調べたところ、書き溜めた原稿など一枚もないことがわかった。久しぶりの新聞連載を書いてみたくて、嘘をついていたとわかった。

だが、支社長は、困惑した。その連載開始にあたり、作家と挿絵を描く挿絵画家との紹介があり、そこには三浦英治が、すでに百回分の原稿を書いていて、張り切っている。そういう前振りがあって、連載小説が始まったからである。

困った支社長から、何とかならないかという相談を受けた、出版社の人間が、私のところに奇妙なアルバイトを持ちこんできたのである。とにかく、百回分の原稿が溜まっている。そういって始まったのに、二回で終わってしまっては、地方新聞としても信用が落ちてしまう。

それに、次の作家を決めるにしても、時間がかかる。そこで、何とか代作を頼めないか。三回目から百回目まで、三浦英治の名前で書いてほしい。一回分として原稿用紙三枚。その代わり、三浦英治に払うことになっていた原稿料を、そのまま私に払ってくれるというのである。

とにかく、いいアルバイトだというので、引き受けるとすぐに図書館にいき、今までに三浦英治が書いた作品を、片っ端から読むことにした。文章の癖をするためである。

何とか、五回目までの原稿を書いて渡したが、それがなんの問題もなく、無事に百回目まで終了した。そのことがよかったのか、悪かったのかはわからないが、それから一年して今度は、流行作家の代作を頼まれた。売れっ子の小沼圭介の代作である。

小沼圭介といえば、売れっ子の十人のなかに入る作家である。人のいいところがあって、頼まれると断れない。そうした性格が災いして、連載や書き下ろしなどは、何とか書きあげてしまうのだが、その間に引き受けた短編が、できなくて、困っているというのである。

そこで、私が三浦英治の代作をした腕を見こまれて、困った編集者が、密かに私に頼んできたのである。締め切りに間に合わない、小沼圭介の短編八十枚を書いてほしい。原稿料は、充分に払うというのである。

三浦英治の件で、私も少しばかり自信を持っていたので、軽く引き受けて、八十枚を書き、その編集者に渡したのだが、この時は、文章をもう少し、小沼圭介に似せてくれないと困るといわれ、書き直した。それでも一応、雑誌に載って、おかしいという声もなく、それから小沼圭介のために、何回か短編とエッセイを書いて、無名の私としては、高い原稿料をもらうことができた。

そんな時、編集者から、小沼圭介の私生活について、いろいろときかされたのである。山崎晴美の話をきいた。小沼が認知しているので、彼の子供であることは間違いない。その山崎晴美が、小さな同人雑誌「北風」の同人になっていた。

話をきいた私は、小沼圭介がらみで、この山崎晴美という娘に興味を感じた。たった五人の同人雑誌である。私のしっている同人雑誌から見れば、五人の男女が遊びの感じで、小さな同人雑誌をやっているという感じだった。

そんな同人のなかでひとりだけ、菊地順二という男だけが、しゃにむに作家になろうとして、もがいていた。ひとりで、毎回「北風」に、作品を発表している感じだったが、どう考えても小説はへたで、これでは、なかなか作家になれないだろうと、私は思っていた。

ほかに、サラリーマンがいたり、ファッションデザイナーを目ざしている女性がいたり、そして、小沼圭介の娘の山崎晴美がいたりする。あまり、先き行きが明るいようには、見えない同人雑誌だったが、私は、かまわなかった。私がやめなかったわけは、一にも二にも、小沼圭介の娘、山崎晴美が同人のなかにいたからである。

毎回の同人の集まりは〈くらげ〉という奇妙な名前のカフェでおこなわれていた。その店のママ、三村恵子がなぜか、この同人雑誌の連中に好意を持っていて、安い料金でコーヒーやケーキをサービスしていた。

その一方、同人のほうは、文学少年少女の集まりみたいに、私には思えていた。相変わらず菊地は、ひとりで作家の道を進もうとして、張り切っていた。毎号原稿を書いていたためか、少しずつ文章がこなれてきて、この調子ならば、あと二、三年すれば、何とか私が文学賞の予選を通ったぐらいのところまでは、いくのではないかと、考えるようになっていた。

さらにいえば、菊地という男は、話をしていて面白いところのない男だった。とにかく、ひたすら作家になろうとしてもがいている。それは、私には子供っぽく見えたが、しかし、その一方で何となく、いじらしくも見えた。

そのほかの、三人の同人は、絶対にものにはならないだろうと見ていた。第一、菊地のように、なかなか小説を、書いてこないのである。これでは、小説を楽しんでいるぐらいの気持ちで、小さな同人雑誌をやっているとしか、私には思えなかったのだ。それなのに、同人間の焼きもちといったらば、なかなかのものだった。

菊地が文学賞の第一次予選を通ったり、時には、第二次予選を通ったりするようになると、あからさまに焼きもちを妬いて、例えば井上昭という男などは、折に触れて同人の菊地について、あの調子では、いくら書いてもものにならないだろうという。

その点、私なんかは、その気になれば、短編の文学賞ぐらいは簡単に獲れる。それでも仕事が忙しいので、なかなか書けずに困っているといったり、岸本はるかなどは、小説を書いてこないのに、将来の目標は、作家になることではなくて、ファッションデザイナーになることだった。その勉強に忙しいので、同人雑誌に載せる小説が、書けなくて困っているみたいなことをいい、時には、小説は読むだけが楽しくていい、みたいなこともいっていた。

そのくせ、菊地順二が文学賞の予選を通ったりすると、不思議だとか、どうしても予選しか通らないのは、どこかに欠点がある。その欠点を直さないと、賞は無理だとあからさまにいったりしていた。どう見ても、嫉妬である。

そんななかで小沼圭介の娘、山崎晴美だけは、彼女が同人雑誌「北風」にいる理由がはっきりしていた。

明らかに、彼女は売れっ子作家で、父でもある小沼圭介に反感を持ち、そのくせ、どこかで、その父親と同じ仕事をしたいと考えて、作家になる気もないくせに「北風」に入っているようだった。

2

「北風」の同人たちは、全員が太宰治のファンだった。いや、正直にいえば、作家の太宰治のファンではなく、その格好よさにあこがれていたということがいえる。だから、たまに書いたものを見ても、太宰治にあこがれているとは思えなかった。

井上昭という男だが、私から見れば、才能のない、自己顕示欲だけが強い、文学青年くずれのインテリといったところである。たまに短編を書いたり、エッセイを書いたりして「北風」に載せるのだが、気取った文章で、これでは作家として、世に出ていくことは無理だと、私は判断していた。

彼の短編のひとつに「私」が、同じ作家志望の女性と同棲して、その間に「私」のほうが、売れっ子になってしまった。彼女は女として「私」を好きなのだが、どこか作家としては対等になりたいと願う彼女と、とうとうわかれてしまうという話がある。

そんな井上の短編が載ったあとで、岸本はるかも短編を書いて「北風」に載せた。この小説も「私」が主人公で、作家志望の青年と同棲する。作家としての素質は「私」のほうが持っているのだが、男は自尊心だけは強いのだが、いくら小説を書いても売れない。そのため「私」に対してもコンプレックスを持っていて、書く小説のなかでは、男は作家になり、大きな文学賞をもらって売れっ子になる。本当は、男の文章がへたなので、女の「私」が添削してやったりしていたのだが、売れっ子になった男のほうは、そうした過去のコンプレックスを、何とか拭おうとして威張り出し、とうとうわかれ話になってしまうという小説だった。

どう見ても、井上昭と岸本はるかが、二人で過去に同棲生活をしたことがあって、それを短編に書いたのだろうが、お互いに自己顕示欲が強くて、自分のほうが作家としての才能があるが、相手の男あるいは女のために、それを捨てざるを得なかったという話である。

同人の私にしてみれば、へたくそな私小説としか思えなかった。それに比べれば、ひたすら小説を書いて作家になろうとしている菊地順二のほうが、私には、好感が持てた。

ほかの同人たちに対しては、どうせ作家としてひとり立ちするはずがない。そんな目で、見ていたが、菊地順二については、このまま努力を続けていけば、何とか作家になれるのではないか。そんな気がして、陰ながら応援を続けていたのだが、なぜか一年前の三月、金木の太宰治の生家の地の雪原で、突然自殺してしまったのである。

私には、この事件が不思議で、仕方がない。小さいが、ひとつの文学賞をもらっていて、その出版社から頼まれて、書き下ろしの長編を一本書くことになっていたのである。それなのになぜ、突然、太宰治の生まれ故郷にいって、自殺してしまったのか？

出版社の好意で依頼された書き下ろしが、どうしても書けなくて、悩んだ末に自殺したのか？　それとも、何か個人的な理由があったのか？　太宰治の生まれ故郷にいって自殺すると、決めての金木行だったのか？　それはわからない。ひょっとすると、彼が作家になっていくことを妬んだほかの同人が、自殺に見せかけて、菊地を殺してしまったのではないのか？

そんなことも私は考えたが、自殺の原因も他殺の証拠もなくて、判断がつかないままに、一年が経ってしまっている。

これは、同人の誰にもいっていないのだが、私は、ひとりで金木にいったことがある。菊地が死んだ年の初秋だ。

三月に自殺しているから、六カ月後のことである。

同人の誰にもいわず内緒である。

実は、この時、私は奇妙なものにぶつかっている。

菊地が去年の三月、青森の金木で自殺したとしって、私たちは全員で、金木にいった。その時、地元の警察が教えてくれた場所に、私たちは木の墓標を立てた。その墓標には、同人四人で、

〈太宰治のファンだった菊地順一、三十九歳、ここに眠る〉

と、書いた。

ところが、その半年後にいった時、そこには別の文字が書かれていたのである。

〈誰が君を死に追いやったのかしっているぞ〉

それが、墓標に書かれていた文字だった。マジックで書いてあった。

同人たちは、全員パソコンを使って原稿を書いていたから、マジックで書かれた筆跡が、いったい誰のものなのかは、私にはわからなかった。

それでも同人の誰かが、私の前にやってきて、木の墓標にマジックで書いたものだと確信した。

しかし、私は、その文字を見ているうちに、この文字は、菊地順一の墓標には相応しくないと思うようになっていった。ほかの同人が見たら驚くだろうし、墓碑銘にも相応しくないと思うだろう。

そう思った私は、急に書き換えてやろうと考えた。木の墓標をいったん金木の町に持っていき、文字の部分を削ってもらった。そのあと、町のコンビニでマジックを買い求め、旅館で夕食のあと、いろいろと考えて、次の文字を書きつけた。

〈君の好きな太宰治の故郷で死んだ。安らかに眠ってくれ〉

へたな文句だと思ったが「犯人をしっているぞ」みたいな殺伐とした文章よりもいいだろうと思った。

翌日、私は東京に帰ったのだが、金木行のことも、墓標の文字のことも、同人には黙っていた。

ところが、ここにきて、井上が、ふいに、金木にいってきたと、いい出したのである。

それだけではない。菊地が自殺した場所を一年ぶりに訪れたが、全員で作った木の墓標に、誰かが、マジックで文字を書きつけていたことも話した。

〈真実を語らずに死んだ友よ〉

これが、井上の話した、墓標に書かれていたという文字である。

誰も自分が書いたとはいわなかった。

「君は、その文字をどうしたんだ？　消してきたのか？」

と、私は、井上にきいてみた。

「ああ、削って消した。墓標に相応しい言葉だとは思えなかったからね」

「消したあと、君は、何か代わりの言葉を書いたのか？」

私がきくと、一瞬、間を置いてから、

「何も書かずに戻ってきたよ」

と、井上はいった。

（嘘だな）

と、私は、直感した。

何度でも書くが、井上という男の自己顕示欲は強い。そのために攻撃的になる

 こともよくある。もし、この男が犯罪を犯すとすれば、その顕示欲のためだと思っている。そんな男が、墓標に書かれた文字を消して、そのまま帰ってくるとは思えないのだ。

何か書いてきたに違いないのである。

それにしても、墓標に書かれた文字が変わっていくのは、私にとっても意外だった。

①同人四人で、

〈太宰治のファンだった菊地順二、三十九歳、ここに眠る〉

と、書いて東京に帰った。

②半年後、私が見にいった時には、

〈誰が君を死に追いやったのかしっているぞ〉

と、書かれていた。私は、それを消した。

〈君の好きな太宰治の故郷で死んだ。安らかに眠ってくれ〉

と、書きつけた。

③一年後に井上がいった時には、墓標には次の言葉が書かれていたという。

〈真実を語らずに死んだ友よ〉

と、書かれていた。

井上が嘘をついていなければ、誰かが、私の書いた言葉を消して、この言葉を書きつけたことになる。

そのあと、井上は、何も書かずに帰ってきたといっているが、信じられない。

たぶん、自分では気が利いたと思う、刺激的な言葉を新しく書いてきたに違いないのだ。

それにしても、私がしっている限りでも、あの墓標には、私のものも含めて三通りの言葉が書き換えられたのである。
①誰が君を死に追いやったのかしっているぞ
②君の好きな太宰治の故郷で死んだ。安らかに眠ってくれ
③真実を語らずに死んだ友よ
しかし、木の墓標は一本だから、前に書かれた言葉を消して、新しく書きつけたはずである。

さらにいえば、私が菊地の死後半年、六カ月後にいった時には、すでに文字が書きつけてあったのである。

想像をたくましくすれば、私が半年後にいく前に誰かが現地にいって、書きつ

けたわけだが、ひょっとすると、その時には、すでに何者かが、言葉を書きつけていたのかもしれないのである。

〈誰が君を死に追いやったのかしっているぞ〉と書いた人間は、その前に書いた言葉を消してから書いたのである。

初めて墓標に言葉を書いた人間は、もちろん、そのあとに書いた人たちもすべて「北風」の同人だと、私は思っている。ほかの人間が、墓標に何か書くとは考えられないからである。

そうすると、いったい何のつもりで書きつけたのか？

全員が勝手に、菊地順二を死に追いやった犯人が誰かを、決めつけているのだろうか？

話を元に戻そう。

私が人間的に、もっとも興味があったのは、小沼圭介の娘、山崎晴美だった。

ある時、私は彼女に、小沼圭介のことを話した。小沼圭介は売れっ子だが、作家であることを除けば、どこにでもいるような男だと。そして、君の父親だ。だから、遠慮しないで会いにいったらいい。そして、お金がほしければ電話すればいい。何たって、君は、あの小沼圭介の子供なんだから。

そういったのだが、彼女には、二つの気持ちが、感情のなかで闘っているような気がした。小沼圭介を父親として慕っている。その一方で、反感を持っている。

それはそれで立派なことだと、私は思っている。だから、そのことを小説に書けばいいのだ。

もし、それを本にしたければ、自費出版という手もある。その費用は父親の小沼圭介に、請求したらいい。もし、それがいやなら、私が代わりに、小沼圭介にいってやると、私は何回も勧めたのだが、今のところ、彼女が父親の小沼圭介のことを小説に書く気は、起きていないらしい。

「君が書けば、絶対に売れる」

と、私は何度もいった。

もし、それがベストセラーになれば、君は作家として、売れっ子になれるよと励ましているのだが、なかなかその気にならなくて私自身、やきもきしているのだが。

私が見るところ、彼女はまだ、小説らしいものを書いたことがないらしいが、話をしていれば、彼女に才能があることがわかってくる。それを考えると、惜しい気がするのだ。とにかく、小沼圭介の娘に生まれてしまったのだ。それを利用しない手はない。

私は、人生はたった一度だから、利用できるものは何でも利用して、女流作家として、世に出ていけばいいと思っている。

3

もうひとり、気になるのは、カフェ〈くらげ〉のママ、三村恵子のことだった。

最初はただ、単に「北風」という小さな同人雑誌に同情して、同人の会合の時は安い料金で、自分の店を提供しているのだと、そう思っていたが、そのうちに私は、この恵子というママが、安西まゆみという名前で〈古都残影〉というタイトルの小説を書いたことがあるのをしった。

私は、ある作家のパーティで、たまたま小沼圭介に会ったので、彼に現在「北風」という同人雑誌に入っていて、そこの同人に、あなたの娘の山崎晴美さんがいると話した。

すると、小沼圭介は、すでにそのことをしっていて、随筆集の印税を山崎晴美を通して「北風」に贈ったことを、私に話した。

そのあと、私に向かって、娘の山崎晴美は作家としての才能があるかどうかと、きいた。

その時までに私は、何本かの彼の短編とエッセイを代作していた。そうした奇妙な関係から、親しくなっていたので、私は、山崎晴美について、

「才能は充分にありますよ。しかし、あなたのことがあるので、作家になるのをためらっているように思える」

と、いった。

そうすると、小沼は、

「今、わたしはある文学賞の選考委員をやっている。彼女がそれに応募してくれれば、何とかして私が、受賞者にしてやれることも、できないことではないんだが」

と、いったので、私は、それはまずいといった。

「あとになって、選考委員のあなたと受賞者の彼女が親子だとわかれば、一番傷つくのはあなたではなくて、彼女のほうだから、それはやめたほうがいい」

そうした文学賞に関するよくない話を私は、きいていたからである。

「それならどうしたらいい？」

と、小沼がきくので、私は、こういった。

「小説を書かせて、それをあなたがどこかの雑誌に、載せてやればいい。私から見ても、彼女には才能があるんだから、そうした形のほうが、作家になりやすいですよ」

と、私がいい、小沼は父親の顔で、

「頼みますよ」

と、私に頭を下げた。

次に山崎晴美に会った時、もう一度、小説を書くことを勧めた。

「ただ、父親に対する恨みつらみで小説を書いたら、いいものにはならない。私から見ると、君には才能がある。だが、小沼圭介のことは忘れて、自分の小説を書けば、必ずどこかの文学賞を獲れる。君は、内心では父親に会いたがっているんじゃないのか？　それならば、いい小説を書くのが一番いいことだ」

この時の山崎晴美の返事は、意外なものだった。

というのは、彼女が同人雑誌「北風」に入ってから、同人のひとりから、父親に対してさまざまな感情があるんなら、一度そうした感情を全部捨てて、小説を書いたらいい。君は才能があるんだから、といわれたというのである。ただ、その同人が誰であったかは、私には、教えてくれなかった。

その時、私が驚いたのは、同人の全員が、自分のことしか考えない、才能もないのに、自分には才能があると、うぬぼれていると思っていたからである。

山崎晴美の話によれば、同人のなかにもひとりだけ、彼女の才能を認めて、小説を書けば、父親と対等になれると、励ました人間がいたということである。それが誰か、今もわからないのである。

ところで、その後、山崎晴美と言葉を交わすと、

「一生懸命、書いています」

と、小声で、私にいうようになった。そんな時には励ましながら、ひと言だけ、注意した。

「山崎晴美」の名前で発表しないほうがいい。そんなことをしたら、ほかの同人の嫉妬の的になって、何をされるかわからないと、教えたのである。

その山崎晴美が、とうとう、短編を書きあげた。私はその時も「北風」に載せるのは、やめたほうがいいと注意した。話題になっても、同人たちが、足を引っ

張るに違いないからだった。

それで彼女は、ある雑誌の短編小説賞に応募した。私は、応募する時にも読ませてもらったが、なかなかうまくて、いい小説だと思った。案の定、彼女の小説はその短編小説賞を受賞した。ペンネームは「小野塚愛《おのづかあい》」である。

内容は、両親が亡くなって、兄と二人で生活をしている娘がいる。兄は文学青年で、作家として世に出られると思っている。そんな兄を、温かく見つめている、妹の立場から書いた小説だった。

その兄は、ある程度までいくのだが、なかなか、世に出られない。それでも、なお書くのをやめなかったが、そのために会社を馘になってしまった。それでも妹の「私」は、兄のために働いている。

そんな兄が、突然、自殺してしまったのである。

そうした時の妹の悲しみとそして怒り、それがうまく書けていた。

その後、小沼圭介から突然、私に電話がかかってきた。「小野塚愛」というペンネームで書かれた短編小説に感嘆したが、あれは、私の娘ではないのか？

そうなら、ぜひ君が連れてきてほしい、という電話だった。

それを晴美に伝えたのだが、彼女は、きっぱりと断った。もし父と対等の立場に立ったら、その時は、会いにいく。しかし、今の状況では、会う気にはなれない。たぶん会えば、私におめでとうといい、何かお祝いの品を買ってくれるだろう。そういう予感がするので、今は会いたくないというのである。

私は、それはそれで立派だと、彼女にいった。

ただ「北風」という同人雑誌には、もういないほうがいい。たったひとり、ものになりそうだった菊地順二が、自殺してしまったので、もう同人雑誌「北風」にいる必要はなくなったと、彼女にいったのだが、なぜか彼女は、こういって私に反対した。

「どうしても、菊地さんが自殺した理由をしりたい。それがわかるまで『北風』の同人はやめない」

と、いったのである。その理由は、私にもわからなかった。

正直にいうと、私自身も「北風」をやめたくはなかった。私のやめない理由のひとつは、彼女と同じだった。なぜ、菊地順二が自殺してしまったのか、その理由を、私もしりたかったのだ。もちろん、それを小説に書く気はない。第一、私は、自分のことを、作家だとは思っていないからだ。

それなのにというか、それだからというか、私は、菊地順二の自殺の理由をしりたくなっていた。

たった五人の同人雑誌。そして、世に出そうだったただひとりの同人が、突然自殺してしまった。

その責任は、この雑誌の同人だった私にも、ありそうな気がして、そのために私は、自殺の理由をしりたかったのである。いや、もっとはっきりした理由をいえば、墓標に書かれた言葉のせいだ。

山崎晴美をのぞいた、私を含めた同人は、墓標に書くことができたし、前に書かれた言葉を、消すこともできたはずなのだ。

同人といっても、毎日、会っているわけではなかったし、お互いの私生活には立ち入らないことになっていた。したがって、お互いに黙って金木にいっても、本人が報告しなければわからない。

山崎晴美は、太宰治より小沼圭介に関心があるだろうから除外して、あとの同人は、ひとりで金木にいったのかもしれない。

私自身も、ほかの同人に断らずに、金木にいっているのだ。

私は、こんなふうに考えた。

普通の同人雑誌で、作家になるべく切磋琢磨している時、同人のひとりが自殺したら、たぶん個人的にではなく、作家として関心を抱くだろう。

その点、私は「北風」について、菊地以外の人間は、菊地順二の自殺に対して作家としての目ではなく、個人的な目で見ていたはずである。それだけに、事実を摑んでいる可能性が高くなる。

たぶん井上昭、岸本はるか、そして、私の三人は、菊地順二の自殺には、不自然さを感じていた。同人の誰かが絡んでいるに違いない、と思っていたはずである。

お互いに疑心暗鬼の状態なのだ。私にしても、菊地順二を自殺に追いやった人間が、同人のなかにいるだろうと思っているのだから。

その思いを同人たちは、仲間に打ち明けずに、ひとりで金木にいき、あの墓標に書きつけたに違いない。もちろん私の考えも、ここでストップしている。

最後に〈くらげ〉のママ、三村恵子についてもう少し書いておく。

私は「北風」の同人には、ほかの四人より遅れてなった。

だから、ほかの四人の同人と、三村恵子の関係はわからなかった。

「北風」の同人たちに対して、好意を持っていて、懐の豊かではない私たちに対して、安い料金で店を提供し、コーヒーやケーキ、時にはビールなどを出してくれ、人のいいママさんといった認識だった。

ところが、彼女が以前〈古都残影〉という短編を、安西まゆみのペンネームで書いたとしって、認識を変えた。

〈古都残影〉が発表されたのは、今からかなり前である。「若々しい詩情」と称賛された。私も読んだのだが、感動した。

ところが、この作家は、なぜかこの作品を最後に、突然消えてしまったのだ。時には「自殺したらしい」という噂まであったのだが、そのうちに何年かが経ち、安西まゆみは、完全に忘れられてしまったのである。

私も忘れていた。それが突然、目の前に現れたのである。

私以外の同人が〈くらげ〉のママの正体をしっているのかどうかは、わからない。あの店を借りて、同人の集まりが何回もあったが、その時に安西まゆみの名前が話題になったことは、私のしる限り、一回もなかった。

それでも、安西まゆみと〈古都残影〉のことをしると、私は、彼女を「単なる人のいいカフェのママさん」とは見られなくなった。ひょっとすると「北風」の同人たちよりも、彼女のほうが、より作家なのではないかと、思えてしまうのだ。

それで、私が気になったのは、彼女が菊地順二の自殺をどう受け取ったかと、いうことだった。

最初に、同人たちが金木にいった時、同人ではない三村恵子は同行していなかった。

安西まゆみは、太宰治のファンだということも、しられていた。今も、それが変わっていなければ、ひとりで何回も、金木を訪ねているはずだと、私は思う。と、すれば、ひとりで菊地順二の自殺現場にいったことも、充分に考えられる。そうなれば、あの墓標に書いた言葉のひとつは、彼女が書いたことだって、充分にあり得るのだ。

私は、とうとう我慢しきれなくなって、ある日、ひとりでカフェ〈くらげ〉に出かけた。

幸い「北風」の同人の姿はなかった。カウンターでコーヒーを飲んでいると、店内にいたカップルの客が出ていった。

それを待って、私は店のママ、三村恵子に話しかけた。

「金木で自殺した菊地順二のことだけど、あなたは、同人と一緒に去年の三月に金木にいっていませんね？」

と、いうと、彼女は、

「私は、同人じゃないから」

と、そっけなくいう。

「実は、あのあと、正確にいうと、菊地が自殺した半年後に金木にいったんですよ。菊地の自殺した場所に、木で作った、墓標を立てておいたので、それを見にいったんです。墓標には、同人四人で『太宰治のファンだった、菊地順二、三十九歳、ここに眠る』と、書いたはずなのに、半年後に私が見ると『誰が君を死に追いやったのかしっているぞ』と、書いてあったんですよ。墓標が、太宰治のものだったら、彼のファンが書いたんだろうと思いますが、一般的には無名の、菊地の墓標だから『北風』の同人以外に、犯人は考えられないんですよ」

と、私がいうと、彼女は、急に関心を持って、

「同人のなかに、そんな怖いことを書いた人がいるんですか？」

「そうですよ」

「今もそのままになっているんですか？」

「いや、私もあなたと同じように、怖くなったので『君の好きな太宰治の故郷で死んだ。安らかに眠ってくれ』と、書き直しておいたんです」

「たぶん、私もそうしたと思う。同人のなかに、怖いことを書いた人がいるなんて、考えたくもありませんものね」

「ところが、一年経って、井上昭が金木にいったら、墓標に書き換えられた文字が書いてあって、びっくりしているんです」

「それはつまり、大石さんが書いた言葉を、井上さんが見つけたわけなんでしょう?」

「ところが、彼が見つけた言葉は『真実を語らずに死んだ友よ』だったんですよ」

「おかしいわね」

「つまり、私と井上の間に、誰かが金木を訪ねていて、その人間は、私の言葉を消して、自分の言葉を書きつけておいたんです」

「でも、誰がそんなことを?」

「わかりませんが、同人のひとりであることは、間違いないと思っています」

「変な話ね」

と、ママはいった。

「変な話なんですよ」

「それで、最後にいった井上さんも、墓標の言葉を書き直したのかしら？」

「私がきいたら、消しただけで、何も書かずに帰ってきたといっていました」

と、私がいうと、ママは笑って、

「それ、おかしいわ」

と、いった。

それで、私は嬉しくなった。

「ママも、おかしいと思いますか？」

と、きくと、ママはまた笑って、

「同人のなかでは、井上さんが、一番自己顕示欲が強いと思うの。そんな井上さんが、墓標に言葉が書きつけてあるのを見て、ただ消しただけで帰ってくるものですか。負けん気を出して、もっと驚かすような言葉を書きつけたと思うわ」

と、いったのだ。

私の考えも、まったく同じだった。

「井上は、どんな言葉を書きつけたと思いますか？」

「そうね。これが殺人事件なら『殺したのは私だ』とか『犯人は○○だ』とか書くんでしょうけど、自殺だから書きにくいわね」

そのあと、私と彼女とで、井上昭が書いたと思える墓標の言葉について、あれこれ考えを出し合って結構楽しかった。

しかし、私には、どうしても彼女にきかなければならないことがあった。

だから、最後にきいた。

「あなたも、太宰治の大変なファンだそうですね？」

「ええ、彼は心中を図って、自分だけ助かったりしているので嫌いだけど、あの繊細な神経は好きなんですよ」

「それなら、太宰の生まれた金木にも、いったことがあるんでしょうね？」

「ええ、ストーブ列車に乗ったこともありますよ」

「それなら、金木では、菊地順二が自殺した現場にも、いっているんじゃありませんか？」

「どうして、そう思うんです？」

と、ママはきき直した。

否定せずにきいてきたので、私は彼女が、菊地が自殺した場所に、いったことを確信した。

たぶん、彼女も、あの墓標に何か書いたのではないだろうかと、私は考えた。

が、こちらの質問に対しては、

「私は、そんなことはしませんよ。『北風』の同人じゃないから」

と、彼女は答えている。

「しかし、あなたは『北風』の同人よりも作家ですよ」

私は、作家なら、あの墓標に何か書きたくなるはずだと思うのだが、三村恵子は、最後まで同人ではないからと、いい張った。

しかし、同人ではないが、彼女は、今も作家である。それなら絶対に、あの墓標に何か書きたくなったはずなのだ。

この日、カフェ〈くらげ〉で何十分、いや、何時間すごしただろうか。

最初のうちは、コーヒーを飲んでお喋りをしていたが、そのうちに、コーヒーがビールになり、したたかに酔っぱらってしまった。

ママさんは、ここで酔いを覚ましていきなさいといってくれたが、私は、帰るといい張った。

幸い、外は風もないので、最寄りの駅まで歩けば、酔いも覚めるだろうといって、店を出た。

すでに午後九時を回っていた。

気持ちよく歩いていた私は、小さな公園を斜めに横切って入っていった。そのほうが駅に近かった。静かな場所を歩きたかったのだ。

公園の真ん中あたりまできた時、私は、いきなり硬いもので、後頭部を殴られ、そのまま失神してしまった。

気がついた時、私は病院だった。

頭に包帯が巻かれ、やたらに痛い。

「頭が切れて血が噴き出したのが、かえってよかったですね」

と、医者がいった。

内出血だったら頭全体が腫れて、外科手術が必要だっただろうという。

「傷口は縫い合わせたんですか？」

と、きくと、

「幸い、このままでも傷口は完治します」

と、医者はいった。

そのあと、地元の警察署から二人の刑事がやってきた。

（そうだ。俺は、殺人未遂事件の被害者なんだ）

と、思って調べると、三万二千円入りの財布がなくなっていた。警察は、それで物盗りの犯行と決めつけたのだが、私は、そうは考えなかった。

私のほうは、直感である。私が金木の墓標について同人の行動を疑ったり、それについて、カフェ〈くらげ〉のママと何時間も話し合ったことが、面白くなかった誰かが、私を襲ったに違いない。これは直感である。

したがって、犯人は「北風」の同人のなかにいると思うのだが、誰なのかはわからなかった。

入院した翌日、同人三人が揃って見舞いにきてくれた。

井上昭、岸本はるか、山崎晴美の三人である。見舞いの花束も持ってきてくれた。

「驚いた」

「大丈夫ですか？」

「いったい誰が？」

と、こもごも三人は、声をかけてくれたのだが、私は、そんな言葉をきき流して、このなかの誰が犯人だろうかと、そればかりを考えていた。

一番犯人らしくないのは、山崎晴美である。しかし、考えてみれば、彼女も二十九歳。立派な大人なのだ。

彼女だって動機があれば、私を襲ったりもするだろう。

しかし、それは私の思いすごしだった。警察は、現場付近の防犯カメラの映像から、二十代の青年を割り出して、逮捕した。動機は金目当ての犯行だった。

それに、菊地順二のこともある。

今のところ、いったい誰が、菊地順二を自殺に追いやったのかはわかっていない。それでも、墓標に書かれた言葉を思い出すと、同人たちが、お互いにお前こそ、菊地順二を自殺に追いやったのだと、決めつけている気もするのだ。

（危なっかしいな）

と、思わざるを得なかった。

第六章　私（三村恵子）の話

1

　私まで、同人雑誌「北風」のページを割いて、書かせていただけた。

　正直にいえば、最初は、私のページなどないほうがいいと思っていました。なぜなら、今までに「北風」の同人たちが書いたものを読んで、よくもまあ、これだけ嘘が書けるものか、もしこれが、日本のいわゆる私小説、自分のことをすべて嘘なく、リアリティを持って書くという私小説ならば、どうしてこんなに同人たちが嘘を書けるのか、それが不思議で仕方がありませんでした。

　書かせていただける、と思った時、最初は遠慮しました。岸本はるかが、あまりにも、嘘を書いていたからです。

彼女は何かというと、自分の願いはファッションデザイナーとして、業界で成功することで、作家として成功することなんかじゃないと書いているけども、これは真っ赤な嘘。それならどうして十年間も、同人雑誌「北風」にしがみついているのかしら。そうでしょう？

彼女だって、というより、人一倍、自分には作家としての才能がある。それを固く信じて、十年間も「北風」の同人だった人です。

それなのに「北風」にエッセイなんか載せると、いつも謙虚に、いかにも自分は作家としての才能がないかしっている。そして、自分の希望はファッションデザイナーとして、業界で成功することだと書いているけども、これがまったくの嘘なんです。彼女くらい、自分の才能に自信を持って、いつかは作家として文壇の華《はな》になると、信じている人はいません。一番、自分の才能を信じている人じゃないかと、私は思っています。

ただ、確かに同人雑誌「北風」に、彼女の作品が載ることは少なかった。でも、書いてなかったわけじゃないの。「北風」の同人、五人のことを考えると、作家というものは、あるいは作家になろうとしている人たちは、どうしてこんなにも自惚れが強いのか。自分のほうが作家として出ていけないのは、まだ時代があまり、自分を呼んでいないのだ。そんなふうに考えている。

そうした自惚れの強さは、作家志望の人たちの特徴だし、私自身もかつてはそうだった。

「北風」の同人たちは、それが人一倍強いんじゃないかしら。だから、岸本はるかは、自分では才能がないので、もう作家になることを諦めたようなことをいっているけれども、私はしっているんです。

「北風」に載せることはないけれども、短編小説を書いて、それをある新人賞を募集している雑誌に応募していた。十年間もずっと、それを続けていることを、私はしっているんです。

もちろん、ペンネームは「岸本はるか」ではありませんよ。

でも、彼女の小説は、私から見れば、駄作の典型的なものです。なぜなら、自分のことを書きながら、少しも自分を傷つけていないんだから。あれでは誰が読んでも、この人は作家にはなれない。あまりにも自分を傷つけないし、人生を甘く見ていると、思うからです。

もうひとつ、同人たちが十年間も「北風」を続けられた理由があります。雑誌の一番最後のところに、同人の名前、井上昭から岸本はるか、そして大石俊介、それから、菊地順二、最後に一番若い山崎晴美と、並んでいるんだけれど、五年前ぐらいから、少し離れた箇所に「名誉同人」として小沼圭介の名前が、載っているんです。

「北風」のなかの同人、山崎晴美があの作家、小沼圭介の娘だということをしると「北風」の同人たちは、自分たちのために、小沼圭介の名前を利用することを考えて、もっともらしく「名誉同人　小沼圭介」と、雑誌に書きこむようになった。理由はもちろん、小沼圭介の名前を、利用すること。それしか考えていなかったと思うの。

あの頃、小沼圭介が随筆集を出し、その印税を山崎晴美を通じて「北風」に贈ってもらった時があったけれども、実際には、このことは小さいものでした。だって、もっと大きな理由を、同人たちが持っていたからです。

「小説倶楽部」という、雑誌があるでしょう？　あの雑誌は、小沼圭介が責任編集で出しているものなんだけど、あれは明らかに、自分の娘、山崎晴美のために出した雑誌なのよ。何とかして自分の娘に、小説を書かせて、それを自分が責任編集で出している雑誌に載せたい。そのために、一部の費用を小沼圭介が出している雑誌なんだけど、肝心の山崎晴美は、それをしっていて逆に、自分の書いた作品があっても、それを「小説倶楽部」に送ろうとは、しなかった。
そんな彼女の代わりに「北風」の同人たちが、入れ替わり立ち替わり載ってい
た。正確には、載せてもらっていたんです。「小説倶楽部」は原稿料を払ってい
たけれど「北風」の同人たちも、自分のペンネームで載せるのは、さすがに恥ず
かしいのか、別のペンネームを使って、載せていたんです。
「北風」と比べて読めば、別のペンネームで書いたものが誰のものか、わかりま
す。「北風」の同人たちは、その「小説倶楽部」に強引に作品を載せてもらっ
て、原稿料をもらっていたけど、なかには、あの雑誌に連載小説を載せて、ひと
かどの作家を気取っていた同人もいました。
その「小説倶楽部」に、自分の小説を載せて、原稿料をもらわなかった人が、
もうひとりいたんです。
その人は、菊地順二でした。
菊地順二といえば、私は十年前からしっているんだけど「北風」の同人のなか
では、一番へたな作家だと思っていました。
とにかく不器用だから、時代に合わせた小説を書けない。自分のことだけを書
いている、典型的な私小説作家。これでは、今の時代に作家としては、出ていけ

ない。そんなふうに思っていたんだけど、とにかくいつも書いていたんです。

小沼圭介が責任編集で出していた「小説倶楽部」には特別に、批評のページがあった。小沼圭介にしてみれば、この雑誌に、自分の娘、山崎晴美が書いたものを載せて、批評欄で褒めようと思っていたんだと思うのです。でも、山崎晴美が書かないので、仕方なく、その批評欄に、ほかの「北風」の同人たちがまったく違ったペンネームで、好き勝手な批評を書いていたけど、菊地順二は、その頃やっと批評の対象になるような小説を書き出した。

その頃「小説倶楽部」に同人たちが書いた批評は、酷いものでした。

特に、菊地順二が書いた作品が、有名作家のものに似ていて、盗作ではないかと噂が立った時も、同人たちは、菊地順二を擁護せず、同じようにけなしていた。同人雑誌「北風」のなかでは、菊地順二を、擁護するようなことを書くこともあったが、小沼圭介が責任編集で出している「小説倶楽部」の批評欄では、別の名前で井上昭、岸本はるかが菊地順二の作品をくそみそにけなしていたのだ。

よくもまああれだけ、自分の同人仲間の作品をけなすことができるものだと、私は感心していました。それも、一回だけではなく、二回、三回と続くんだから、私は読んでいて、悲しくなってきたのを覚えている。

あんなにも、同人の嫉妬は激しいものなのかと、感心もしたのだ。あの時、菊地順二は相当な、心の痛手を受けたと思うけれど、それに負けずに、彼はあの危機を、乗り越えていった。

たぶん、菊地順二は「小説倶楽部」に作品を書かなかったから、自分の仲間で「北風」の同人たちが、あれほど強く自分をけなしているのは、しらなかったのかもしれない。もししっていたら、耐えられなかったかもしれない。

そのあと、菊地順二は、とうとう、大手出版社の催していたある雑誌の新人賞を受賞したんだけど、わからないのは、その出版社は新人賞受賞者に、書き下ろしの長編作品を書かせてもらえることになっているから、菊地順二は、それをとても喜んでいた。自分の実力を、書き下ろしの長編でしることができるんだから。

それなのに、菊地順二は、なぜか長編を書こうとはしなかった。書けば、出版してもらえることはしっていたはずなのにです。

あの新人賞をもらった人たちのほとんどがその後、長編小説を書いて出版していて、その試験に失敗した者もいたし、その作品で一躍文学界の寵児になった人もいたから、菊地順二が長編を書かなかった理由がわからない。

どうして書かなかったのか、それを出版社にきいてみたことがありました。

そうしたら、担当の編集者が、

「本人が書けなかったんだから、仕方がない。我々としては、菊地順二さんに期待を持って待っていたんだけれど、書かないままに、自殺してしまった。こちらも残念ですよ」

と、いったのです。

どうして、菊地順二が長編を書かなかったのか。作品を仕あげて、出版し、世に問わなかったのか。いまだに、それがわからない。

「北風」の同人の間で、何かあったのかしらないけれども、私は同人じゃないので、わからないのだ。

「北風」の同人たちは、最初の頃はあんなではなかった。皆さん若くて、純粋で、へたくそだったけれども、純粋に、作家として世に出ようとして、互いに、競い合っていた。それなのに、五年ぐらい前からおかしくなった。あれは、明らかに、菊地順二のせいだと思う。彼ひとりが賞の予選を通過したり、批評の対象に、なったりしたりするようになった。その頃から、同人たちが、おかしくなってしまったのだ。

ひょっとすると、同人雑誌というのはそういうものかもしれない。同人のひとりが世に出始めると、ほかの同人たちは、自分たちは書くのをやめて、その同人を助けていくか、その同人を潰そうとするか、どちらにしろ、同人雑誌はその時点でやめたほうがいいと、私は思っている。

だって、菊地順一が、認められ始めてから、おかしくなってしまったのだ。そのひとりひとりを私は私なりに、批判していた。

例えば、井上昭。

同人雑誌「北風」を始めた頃は、彼と菊地順一の二人は、一番のライバルだと、私は見ていた。もっとはっきりいえば、器用な井上昭のほうが、不器用な菊地順一よりも、作家として早く世に出るんじゃないか、そんな感じだった。例えば最初の頃は、新人賞に応募すれば、菊地順一は、一次選考で落ちてしまう。その点、井上昭のほうが、二次選考まで通っていくのである。ただ、井上昭のほうは「この人はうまいんだけども、感動を呼ばない」と評されてしまう。作家にしては、一番の欠点。だから、必ず、一次選考は通るのだ。うまいから。

それでも、最初のうちは、井上昭のほうが菊地順一に対して優位に立っていた。新人賞の応募の時には、一次選考に落ちてしまえば名前は出ないけど、二次選考の通過者からは、名前が雑誌に載る。それを、井上昭は自慢していた。

ただ、井上昭も必ず二次、三次選考で、落ちてしまう。そのことについて、井上昭はこんなことをいっていた。

「私の作品は、今の世の中に向いていない。だから、選者は私のよさ、凄さをわかっていないのだ。これは、悲しいことだよ」

と、いくぶん、得意げにいっていたのを、私は覚えている。

それがあるので、菊地順二が少しずつ注目されていくようになっても、単なるライバルではなくて、自分より才能のない人間が、自分より上にいくことが、許せなかったんではないかと思う。

それでも仲間だから「北風」のなかでは、仕方なく菊地順二の作品を褒めていたが「小説倶楽部」の批評欄では、滅茶苦茶に菊地順二の作品を、攻撃していた。それで、私は、男のやきもち、同人のやきもちというのは、あれほど酷いものかと、呆れたぐらいだった。

岸本はるかについても、同じことがいえる。

これまで岸本はるかは、ファッションデザイナーとして一人前になりたいのだから、小説のほうは、ただのお遊びみたいなことをいっているが、これは完全な嘘。彼女は確かに、西新宿にあるアパレルメーカーのお店で働いていたが、私がそこの経営者にきいたところ、仕事もいい加減で、岸本はるかがファッションデザイナーとして大成するとは、とても思えないといっていたからです。

彼女にしても、本心では「作家になる」ことしか、世に出る方法がないと、わかっていたと思います。だから、必死だった。必死なのに、何かといえば作家になる気はない、ただの遊びみたいなことをいっていたのは、よっぽど口惜しかったんだと思います。菊地順二のこともあるし、山崎晴美のこともある。山崎晴美は、自分が「イエス」といえば、小沼圭介の力で、作品を出版することだって、できたわけですから。

岸本はるかは、そんな山崎晴美が、羨ましくて、仕方がなかったんだと思います。たぶん今でも、その気持ちは、変わらないんじゃないか、そう思うのです。

もうひとり「北風」に遅れて入ってきた大石俊介がいる。

この人は、私にいわせれば、典型的なインテリヤクザ。作家としての才能はないと思うんだけど、金儲けの才能というか、嗅覚はあり、小説の世界でも彼なりに、うまく立ち回っていたと、私は、思っている。

彼は、小沼圭介の代作をしたことがある。それが唯一の自慢なんだけど、ああいうことは、本当は言葉に出していうもんじゃないと、思うのです。

なぜなら、それがわかれば、小沼圭介も傷つくし、大石自身も傷ついてしまう。だって、そうでしょう。作家としての才能が、少しはあるのに、代作で発散してしまう。そんなことをしなければ、ひょっとすると、大石俊介は「北風」のなかでは菊地順二よりも先に、世に出たかもしれないのに、それを潰してしまっているんだから。

私は「北風」の同人ではありませんでしたけど、同人雑誌の人たちは好きだから、それとなく援助を、していました。そうしたことがありましたから、何といっても、菊地順二が、金木で自殺してしまったのは、ショックでした。

世に出かかっていたんだから、普通、同人雑誌といえば、ひとりが世に出れば、その人を担ぎあげて、彼を突破口にして、ほかの同人たちも、世に出ていくか、ひとりが作家になった時点で、同人雑誌は、解散してしまうか、どちらかだと思っていたのだが「北風」は違っていた。

今も書いたように、自分たちのなかで一番不器用で、才能なしと見ていた菊地順二が、世に出ようとしている。それが許せなかったのかもしれない。

さらにわからないのは、結果的に菊地順二が自殺してしまったことである。なぜ自殺してしまったのか？

確かに、同人たちの嫉妬は凄まじかったけど、ただそれだけで、自殺してしまったのか、それが私にもわからないのです。

私は、時々ひとりで金木にいき、菊地順二の自殺した場所に、花を手向けてきている。だから、木の墓標、それに書かれた言葉も見ている。あれは明らかに、自分は菊地順二を誇りに思っていた。彼を死に追いやったのは、自分以外の同人だ。それを示すために、木の墓標に書かれた文字を消して、そこに自分に都合のいい言葉を書きこんでいる。そんなものだと、私は思っている。

私の勝手な想像だが、菊地順二は、突然、自殺してしまったので、ほかの同人たちは、恐れおののいたのではないだろうか。

自分たちが、彼を死に追いやったのではないか。そう思われるのが怖かったのだと思う。

勝手なものだと思う。菊地順二の足を引っ張っていたくせに、彼が自殺してしまうと、自分の責任ではない。ほかの同人のせいだと、責任をなすりつけ合っているのだから。

2

そこで、もう一度「北風」の同人たちのひとりひとりについて、考えてみたい。

菊地順二以外の同人のことを書いたから、このあとは、菊地順二のことを書いてみたい。

彼は自殺してしまったので、悪く書くのは気が引けるが、私は純粋に見て、同人ではないから、自由に書くのを許してほしい。

十年前に「北風」は、同人雑誌として出発した。

そのあと、同人の会合に、私の〈くらげ〉を使うようになったのです。同人の誰が、私の店を使うようになったのか、もう忘れてしまった。私自身、文学少女だったから、歓迎した。

その時、同人たちと初めて会ったのだが、一番、私の関心を引いたのは、菊地順二だった。

好印象ではない。その逆である。

ほかの同人たちは、いかにも文学青年らしく、あるいは文学少女らしく、太宰治を褒めたり、ほかの作家をけなしたり、賑やかなのだが、菊地順二は、ひとり、ブスッとしていた。

文学論や作家論になると、口を開くのだが、日常的な会話になると、押し黙ってしまうのである。

それも、ただ黙っているのではなく「そんな話がどうして面白いのか」といった、表情をするのである。

私が話しかけても、返事が短いから、会話が途切れてしまう。

(変わっているな)

と、私は思い、

(これでは、恋人はできないだろうな)

と、心配した。

そのあと、自殺するまで、菊地順二に恋人ができたという話は、きいていない。

これでは、女性を描くのは難しいだろうと心配したのだが、確かに、彼の作品に出てくる女性は、妙に観念的でした。さもなくば、妙に具体的な女性が出てくると、それは水商売の女だったりしたのです。

それで、私は、菊地順二が、つき合っている女性は、居酒屋やバーで働く水商売の女性らしいと、思うようになったのです。

それで、同人のなかには、本当の女性が描けていないと、批判する人がいたが、私は、それでもいいと思った。

水商売の女性でも、本当に書ければいいのだから。

二回目か三回目の会合を、私の店でやった時、私は、色紙を五枚買ってきて、同人たちに、自分の夢を書いてくれと頼んだ。いろいろな角度から、彼らをしりたいと思ったのだ。

ほとんどの同人が、同じようなことを書いた。

〈F賞を手にして、プロの作家になる〉

〈ベストセラーを書く〉

だいたい、こんなことを書くのだが、菊地の場合は少し違っていた。

〈十年後に、F賞を獲る〉

これが菊地順二の書いたものだった。

F賞というのは、文学青年の多くが目標にする新人賞である。

私が、菊地順二の言葉に驚いたのは〈十年後に〉という文字だった。

文学青年なら、十年後などという目標は立てないだろう。月日など書かないが、二、三年後と書くはずである。

それを十年後と書いたから、私は、びっくりしたのです。

そのことを、私は菊地順二にきいたことがあります。

「十年なんて、少しばかり目標が、遅すぎるんじゃありませんか?」

菊地は、こう答えました。

「自分の才能を考えると、十年後にF賞ぐらいがちょうどいい」

これは、謙虚というのか、自信がないというのかわからなかったけど、九年後に、F賞を手に入れたのだから、菊地順二の言葉は当たっていたということでしょうね。

もう少し、菊地順二のことを書かせて下さい。

私は「北風」の同人たちの職業を、自分のほうからきいたことはありません。関心がないのではなく、彼らのほうから話してくれるからです。

だから、黙っていても自然とわかるのです。

ただ、菊地順二だけは、なかなかわからなかった。彼のほうから話さないからだ。面白いことに、同人のなかにも菊地順二の職業について、しらない者もいた。

「サラリーマンじゃないみたいだ」

「日焼けしているから、肉体労働じゃないか」

そんなことをいうのだ。

確かに、菊地順二は日焼けしている。外で働く仕事だろうとは想像できるのだが、詳しいことはわからない。そうなると、不思議なもので、菊地順二という男には、さして興味がないのだが、彼の仕事だけしりたくなった。

それで、会合のあとで私はきいた。そうすると、考えていたとおり、

「他人の職業なんてしっても、仕方がないでしょう」

と、答えてきた。

私が笑うと、菊地順二は、むっとした顔になった。

「何がおかしいんだ？」

と、怒った。

私は、また笑ってしまった。

「予想どおりの返事だったからよ。予想どおりのストーリーだと、小説もおかしいでしょう？」

私がいうと、菊地順二の態度が、一変した。

「私の小説は、予想どおりのストーリーになっているんですか？」

と、不安気にきいてきたのです。

ああ、この青年は、すべてが小説に繋がっているので「小説が――」という言葉に弱いのだと、わかった。

私は、不思議な気がした。正直にいって、菊地順二の小説はへただ。一生懸命に書いているが、面白くない。だから、この時期に誰も、菊地順二がF賞を獲って、作家になれるとは思っていなかったのです。もちろん、私も。

それが、この時、不思議な気がしたんです。

外見から見た菊地順二は、不細工で、面白みのない人間で、彼の作品も同じだと思っていたのですが、この時、ふいに菊地順二の別の面を見たのです。

それは、すべてを小説に集中することのできる、菊地順二の生き方に驚いたんです。しかも、十年という時間を決めているのです。

(今はへたくそだが、十年後に突然、変貌して、優れた作家になるのではないだろうか?)

と、思ったのだ。

だが、結果的に、菊地順二にはぐらかされたことが、ショックだった。

「何の仕事をしているのか教えて下さい」

と、私は、しつこく食い下がったのです。

「トラックですよ。トラックの運転です」

これが、菊地順二の答えでした。

その後、彼の運転するトラックに乗せてもらったから、嘘ではありません。

「トラックの運転だから、会話も要らないし、お世辞もいわなくていいから、楽しい仕事だと思っています」

そうだ。同人たちと、私も参加して、太宰治の生まれた金木にいった時のことも書いておきたい。

まだ雪の降る季節だった。

同人は、全員が太宰治のファンだと、いっていた。

しかし、太宰の小説と似た作品を書いている同人はいなかった。特に、菊地順二は違っていた。

それでも、菊地順二は、太宰治が好きだといっていたが、太宰の作品の持つ軽さ、洒落っ気は、菊地順二の小説にはなかった。だから、ほかの同人たちは、菊地順二を馬鹿にしていたのだ。

だから、菊地順二が自殺した時、同人のなかには皮肉まじりに、

「これで、菊地は太宰と同じになった」

と、いったものでした。

自殺して「これで、太宰と同じになった」というのも失礼だが、私は、九年間の菊地順二を見ていたので、

(菊地は、自分が不器用なこともよくしっていた。それでも、太宰治に同化しようと努力していた)

と、今になって思うのだ。

同人たちと太宰治の生地、金木にいった時は、もちろん、そんなことを私は、感じてはいなかった。

ストーブ列車に乗り、ストーブでスルメを焼いたりしている私たちは、もっとも太宰治に遠いと、思っていたのだ。もちろん自分も含めてである。ストーブ列車で金木までいき、太宰治の生家を見たり、津軽じょんから節をきいたりしたのだが、その時の私の思いは、

(太宰治からもっとも遠い私たち)

と、いうものだった。

(その十年間で、私たちは、少しは太宰治に近づいたのか?)

と、考えてしまう。

そんな時、私は、同人のひとりひとりを考える。

井上昭

岸本はるか

大石俊介

山崎晴美

十年の間に、全員が少しずつ変わっていった。

洗練されたところもあるが、同時に、ずる賢くなったところもある。

ところが、菊地順二は違う。サナギが蝶になった。

それは、大した変化ではない。

ですから、どうしても考えてしまうのは、菊地順二の死なのです。

作家になろうとしている時、なぜ、自殺してしまったのか？

それを考えると、金木を訪れた時の、菊地順二の様子が思い出されます。

あの時、金木は雪に埋もれていた。東京に住む私たちにしてみれば、目にすることのない雪原だった。

同人たちは結構、それを楽しんでいた。雪合戦の真似事をして、歓声をあげる者もいたのだが、菊地順二だけは違っていた。

ただ、目の前に広がる雪原をじっと見つめていた。

（あの時、菊地順二は、いったい何を考えていたのだろうか？）

それがわかれば、自殺の動機も想像できるのだが、その質問をする前に、菊地順二は自殺してしまった。

私は、同人から、なぜ菊地順二は自殺してしまったのかをきいてみた。

一度だけではない。

折りに触れてきいたのだが、答えを変える者もいれば、まったく同じ答えをする者もいた。

井上昭は「太宰治と同じことをしたかったんだ」と答えて、まったく変わらない。

岸本はるかは、私がきくたびに違う答えをした。

「作品を書くのに苦労していたから、それで疲れてしまったんだと思う」から「彼、トラックの運転手だったから、どこかで事故を起こしたんじゃないかしら」になった。

大石俊介は、いいかげんだった。

「太宰治に憧れたんだよ」といったかと思うと、次の時には「小説に行き詰ったんじゃないか」に変わっている。

「あれは自殺じゃない。殺人だよ」という同人もいた。

面白いことに、私が三回目に同じ質問をした時、大石俊介が、少し考えてから、そう答えたのだ。

大石俊介は、いつもいいかげんな答えをする男だが、この時は、真面目に目を光らせて、いっていた。

（もし、菊地順二の死が自殺ではなく、殺人だったら）

と、私も、時々考えるようになってきている。

第一、自殺する理由がないのだ。強いていえば「太宰治に憧れての自殺」というような、答えになってしまうのです。

（しかし、他殺と考えると、殺人の動機がわからない）

それでも、私はここにきて、時々、殺人と考えたら、誰が犯人で、動機は何だろうと考えるようになった。

犯人は当然、同人のなかの誰かである。だとすると、動機は何だろう。

最初に頭に浮かぶのは「嫉妬」である。同人のなかで、一番、作家らしくない、軽蔑されていた菊地順二が、念願のF賞をもらい、作家の階段をあがろうとしている。

それに、嫉妬しての犯行。これで何とか納得できる。

しかし、そこまで考えて、私は、もうひとつの疑問にぶつかった。殺人と考えて、私はひとりひとりの同人の名前と顔を思い出していた。

一番怪しい、ということは、一番嫉妬心の強い人間の名前であり、顔だったのだが、もうひとつの恐ろしい結論にぶつかったのです。

それは、ひとりの犯行だろうか、同人たちが集まって、菊地順二を殺したのではないか、という恐ろしい想像であり、結論なのです。

この考えが浮かぶと、私の想像のなかで、同人たちの顔が重なって見えるようになってきた。

今は、菊地順二が去年の三月の雪の降る日に、ひとりで金木にいき、ひとりで自殺したと考えられている。

しかし、本当は、ほかの同人たちと一緒に、金木にいったのではなかったのか。

そして、同人たち全員で菊地順二を、あの場所で殺してしまったのではないだろうか？

私は、考えたくなかった。同人のひとりが、嫉妬から菊地順二を殺した、ということだけでも恐ろしいことなのに、同人たちが全員で、菊地を殺したという想像は、絶望的だった。

でも、ひとりより何人も一緒なら、ひとりの人間を殺しやすいだろうとも思ってしまう。

ひとりひとりの良心が、痛むことが軽くすむからだ。

（でも、そんな恐ろしいことが、おこなわれたのだろうか？）

第七章　再び山崎晴美の話

1

私が同人雑誌「北風」に入ったのは、十九歳の時です。

その頃から私は、自分の本当の父親が今、作家として売れている小沼圭介だということは、わかっていました。でも、私を支えてくれた両親がいましたから、その点で、小沼圭介は遠い存在でした。だから、彼の力で、作家としてデビューしたいとは思わなかったけれど、どこかで父と同じ土俵で、才能を競い合いたかったのです。

だから「北風」に入ったんです。

「北風」に入る前、どの同人になるか調べると、たくさんの同人雑誌がありました。日本には、こんなにも同人雑誌があるのかと、びっくりしました。有名な文学賞の受賞者を、何人も出したという同人雑誌もありました。主催者が有名作家で、ある文学賞の選考委員をしているので、そこの同人になれば、その文学賞をもらいやすいし、作家になりやすいという、もっともらしい噂も耳に入りました。

でも、私は、小さくて誰も名前をしらない「北風」を選びました。それは、小沼圭介にしられることがいやだったからです。

小沼圭介自身、昔、同人雑誌にいたことがあるといっていました。名のある同人雑誌に入ったら、小沼圭介が気づいて、私に力を貸すことをするかもしれない。そうなることがいやで、私は、小さな同人雑誌「北風」を選んだのです。いろいろな人がいました。みんな私よりも年上で、才能がある人もいたし、ない人もいました。

でも、面白かったのは「北風」を始めた頃、一番才能がないように思われていた、菊地順二さんが九年後には、作家に近い位置にいたことです。ある意味、もうすでに菊地順二さんは新人作家、そう思っていたのに、なぜか自殺してしまったのです。「北風」の同人になって十年。そのなかで、もっともショックでした。

私は九年間、菊地順二さんと一緒に「北風」の同人だったわけですが、菊地順二さんが自殺した理由がわからなくて、困っているのです。ようやく新人として、作家の世界に一歩足を踏み出したのに、なぜ、自殺してしまったのか。なぜ、九年間の同人時代の苦労を、無にするようなことをしたのか。それをしりたいのに、どうしてもわからないのです。

私は、同人のなかでは、一番若かったし、未熟だったので、ほかの同人と話をすることは少なかった。そこで「北風」を応援してくれていた、カフェ〈くらげ〉のママと、話をすることが自然に多くなっていきました。

ママは本当によく、私たち同人の世話をしてくれていたけれど、同人たちを厳しい目で見ていたのがわかって、面白いといえば面白いし、怖いといえば怖かった。

確かに最初の頃の同人は、みんな純粋だったけど、途中から少しずつおかしくなっていった。それは、私にもわかりました。

たぶん、同人たちが全員無名で、これからどうなるかわからなかった。その頃は仲がよかったのに、そのなかのひとりが注目され出すと、途端におかしくなってしまう。嫉妬の渦になってしまう。本性が剝き出しになってくる。それはそれで、私には面白かったです。

そのうちに、小沼圭介が向こうから私に近づいてきました。彼が責任編集で出している雑誌「小説倶楽部」のことは、父からの手紙でしりました。そのなかで父は、こう書いていたのです。

「作家として、本当の勝負は短編では無理。三百枚、五百枚の長編で、勝負をすれば、自分の才能はわかる。もし、君がそうした長編を書けば、雑誌『小説倶楽部』が取りあげる。一挙掲載でも、連載でも構わない。それに、批評のページもあるから、そこで取りあげ、君を売り出してあげられる。だから、必ず長編小説を書きなさい」

と、いう手紙でした。

確かに父、小沼圭介の力を借りれば、もっと楽に、作家の世界で活躍できるかもしれなかったし、作家になることもできたかもしれません。

でも、それがいやだったから私は、小さな同人雑誌「北風」に入ったのです。ただ、だから、今さら父の助けで、作家として売り出したくはなかったのです。

このことは、ほかの同人たちは喜んだのです。

何しろ、小沼圭介が責任編集で出している雑誌です。それに私の作品を載せたかったようですが、私が喜ぶと思って、同人の作品もどんどん載せてくれた。その上、原稿料も払ってくれた。そのことが、よく考えると「北風」の同人たちにとっては、マイナスになってしまったのかもしれません。何を書いても「小説倶楽部」に載せてくれて、原稿料を払ってくれるからです。

みんな「北風」で使うペンネームとは別の、ペンネームを使ってはいましたが、何を書いても、原稿料が入るというのは、作家にとっては、私は堕落のような気がして仕方がありませんでした。

そんな空気のなかで、菊地順二さんは「小説倶楽部」に、作品を載せようとはしなかった。

確かに、菊地順二さんは立派でした。自分の力で作家になる道を、開こうとしていました。それは、成功間際まで、いったのです。だから、私は菊地順二さんを尊敬していました。

確かに面白みのない人で、不器用で、どちらかといえば、へたくそでした。彼が書いたものを読むと、明らかに、作品のなかで、自分を傷つけていた。それが素晴らしいことだと思っていました。

確かに小説というのは、どこかで自分を傷つける。逆に、自分を傷つけない作品は、本物ではない。そんなふうに私は思っていたのに、どうして菊地順二さんは、自分を傷つけすぎて、自殺してしまったのだろうか。それが今でも、私にはわからないのです。

最近、そのことを〈くらげ〉のママと話すことが多くなりました。

「そろそろ、同人雑誌『北風』も、解散したほうがいいかもしれないわね」

最近のママは、私にそんなことをいうようになってきた。

「どうしてですか?」

と、きくと、

「だって、小沼圭介が責任編集で出している『小説倶楽部』に原稿を持っていけば、誰でも載せてくれる。原稿料を払ってくれる。そういう形が一番、作家志望の若者を堕落させてしまうんだわ。だって努力をしなくてもいいんだから。何とか『小説倶楽部』に載せれば、生活できる。これ以上、同人を堕落させることはないわ」

と、ママはいう。

「すいません。私の責任です」

と、私は謝った。

「あなたのせいじゃない。小沼圭介が、責任編集で『小説倶楽部』という雑誌を出したのは、あなたのためだということは、わかっているんだけど、あなたは、それに甘えていない。だからといって『北風』の同人が、それを食い物にしていれば、堕落以外の何ものでもないわ」

と、ママは、繰り返す。

「これから、どうなるんでしょうか？」

と、私はきいた。

「それよりも、あなた自身はどうするつもりなの？」

と、逆に、ママがきいてくる。

「何とかして、自分の力で作家になりたいと思っているんです。それなのに、父親の小沼圭介は、私の邪魔をしている気がして、だんだん腹が立ってくることがあるんです」

と、私はいった。それは正直な、気持ちだった。

「確かに、小沼圭介の、あなたに対する愛情はわかるけど、今あなたがいったように、作家になるのを邪魔しているのかもしれないわね。それを今度、手紙に書いたらいい」

と、ママがいった。そのあとで、

『北風』を解散する前に、一度二人で、金木にいってみませんか？」

と、私はママに誘われた。

「私たち二人だけで、ですか？」

「そう。今もいったけど、あなた以外の三人の同人は、完全に堕落している。だから、あなたと二人だけで、菊地順二さんの自殺した場所を訪ねてみたいの」

と、ママがいうのだ。

どうやらママは、ひとりで金木にいったことがあるらしい。

「金木にいって、どうするんですか？」

と、私はきいた。

「もちろん、菊地順二さんが自殺した場所を見てみたいし、どうして彼が自殺してしまったのか、それも向こうにいって考えてみたいの」

と、ママがいった。

私も、金木にいくのは反対ではなかった。ただ、ママと二人だけでいくことに、ほんの少しだが、抵抗を感じた。いくなら、ほかの同人三人と一緒にいきたかったからだ。が、それに対して、ママは強固に反対した。

結局、私が妥協して、ママと二人、ストーブ列車が走っている間に、金木にいくことにした。

2

三月中にいかないと、ストーブ列車は走らなくなる。急いで、青森行を決めた。

三月だが、五所川原には、まだ寒さが居残っていて、小雪が降っていた。

私は、何かママが企んでいるような気がしたが、想像がつかなかった。

金木にいき一泊する。その時に初めて、ママが何を企んでいるかがわかった。

あとの三人の同人、井上昭、岸本はるか、大石俊介の三人に、旅館のパソコンを使って手紙を書いたのだ。

〈今、金木にきています。例の木の墓標を見たら、そこに『菊地順二を自殺に追いやったのは○○だ』と、具体的に、あなたの名前が書いてありました。

菊地順二の遺書もどこかにあるはずだから、それを見つければ、あなたが犯人だということがわかる。

それを、私と山崎晴美の二人で、同人雑誌『北風』に発表するつもりです。そして、それをもって、同人雑誌『北風』は廃刊にしましょう〉

私はびっくりして、ママが、その手紙を書くのを見守っていた。

その上、手紙の最後に、ママと私の名前を並べて書いたのだ。

「あなたがいやなら、私ひとりの名前にするけど」

と、ママがいった。

こちらの気持ちを見透かしたようなママの言葉に、私は、うろたえた。

「構いません」

と、慌てていってから、

「木の墓標に、犯人の名前が書いてあるというのは、嘘なんでしょう?」

と、きくと、ママは笑って、

「ちゃんと書いてあるわよ」

「でも、私が見た時は、名前は、何も書いてありませんでしたけど」

「あなたが見たあとで、私がちゃんと書いておいたの」

と、また笑われてしまった。

「でも、この手紙を見て、三人の同人が慌てて、この金木にくるでしょうか？　無視されたら、どうするんですか？　証拠はないんですから」

私がいうと、ママは、今度は自分のカメラで撮った写真を、黙って見せてくれた。

三インチほどの小さな画面である。そこには雪原が広がり、小さな家が写っていた。さらに、目を凝らすと、その家の陰に、ひとりの男がいた。厚手のオーバーを羽織り、サングラスをかけている。その上、帽子もかぶっているので、顔立ちははっきりしない。

「誰なんですか？」

と、きくと、ママは、

「よく見て」

と、いう。

ママが、カメラを操作すると、男の部分だけが拡大された。

「あっ」

と、思った。

鍔のついている帽子の右の耳にだけ、耳当てがついているのだ。それが、そこだけ赤い。

私には、その耳当てに見覚えがあった。

「北風」の同人のひとり、井上昭が、冬になると時々かぶってきて、自慢している帽子の耳当てだった。

「この人、同人の井上さんですか？」

私がきくと、ママは笑わずに、

「ストーブ列車でも一緒だった」

「気がつきませんでした」

「そうでしょうね。向こうは隠れながら、こっちを見ていたから」

「私たちを見たのなら、どうして声をかけてこなかったのかしら？」

「私たちが、何をしに金木にきたのか、それがしりたかったんでしょうね」

「よくわからないけど」

「向こうもわからないから、隠れて見張っていたんでしょうね」

「でも、毎月一回は、ママの店で会合を持っているのに。私たちを信用できないんでしょうか？」

私には、本当にわからなかったのだ。

ママは、また笑った。

「私たちだって、ほかの同人に黙って、この金木にきているのよ。彼らが、私たちが何をしにいくのかしりたくなっても、不思議じゃないわよ」

「それは、そうですけど」

「さて、この手紙を、この金木から三人に送りましょう」

ママは、旅館の人を呼び、

「この金木に、郵便局はありますか?」

と、きいた。

「ええ、郵便局はあります」

「それなら、ここで投函すれば、金木郵便局の消印がつきますね?」

「大丈夫です。ここの消印が押されます。ここにきた記念の手紙ですね」

「ええ、そうなんです」

と、ママは笑顔で、いった。

私には、ママが何を企んでいるのか、はっきりとはわからなかった。

私たちは、もう一日、泊まることにした。

「本当なら、あと一週間は、ここにいたいの」

と、ママがいう。

「あの手紙を見て、三人が慌てて、ここにやってくるか、それを見たいんですね？」

「ええ、そのとおり」

「三人が、ここにくると思います？」

と、私はきいた。

「あなたは、どう思う？」

「こないような気がします」

「どうして？」

「三人とも、じっと動かずに様子を見ると思うのです。井上さんが、私たちを尾行して、様子を見に、この金木にきていた。それと同じで、騒いだりはせずに、じっと様子を見ていると思います」

「三人が、菊地順二の死に関係があるとしたら、じっと動かずに様子を見ているかしら？」

と、ママは、危いことを、口にする。

「ママは、本当はどう思っているんです？　同人三人が、菊地さんの死に、本当に関係があると思っているんですか？」

私は、本気できいた。確かに同人の三人は嘘つきで、いいかげんで、信用ができない。

しかし、殺人となれば、話は別だ。あの三人だって、簡単には人を殺せないだろう。

「今、あの三人が犯人だとしたら、動機は何だろうと考えているの」

と、ママはいった。

「それで、どう考えたんですか？」

「わからないの。だから、あんな手紙を出したのよ。三人が反応を示せば、確信が持てると思ってね」

と、ママがいう。

私は、少し心細くなった。

同時に、私は、ママに新しい疑問を持った。

ママは、厳密にいえば「北風」の同人ではない。昔は小説を書いていたときいたが、今は、まったく書いていない。

それなのに、どうして「北風」の同人、つまり、私たちに関心を持つのか？

それも、関心を持っただけではない。同人のひとりが死んだことを、ひとりで調べようとしているのだ。

それが、私にはわからなかった。

自分の得になることではない。常識で考えれば、よけいなお世話であるし、間違いなく、同人の三人に恨まれる。

（ひょっとすると――？）

ママは、今はカフェ〈くらげ〉をやりつつ、同人雑誌「北風」の支援者だが、昔は文学少女で、小説も書いていた。私たちとつき合っているうちに、作家心みたいなものが、蘇ってきたのではないだろうか。小説を書く上でのモデルのようなものが、目の前にあった。

「北風」と同人たちだ。

作家らしくない同人もいる。自殺した同人もだ。作家らしくない連中だが、作品のなかの人物と考えれば、それがかえって面白い連中である。

（ママは、同人たちをモデルにして、小説を書こうとしているのかもしれない）

と、私は考えた。

一度、頭のなかにその疑念が生まれると、それがだんだん大きくなっていくのだ。

(私だって、モデルとしては面白いのではないか)

とも、考えてしまう。

有名作家の娘で、その父親に反感を持ちながらも、父親と同じ小説の世界で、勝負しようとしている。冷静に考えれば、面白い素材だ。

「何を考えているの?」

と、ママが私の顔を覗きこんだ。合わせて、

「井上さんはきていましたが、ほかの二人は、あの手紙を見て、この金木にやってくるでしょうか?」

と、きいた。

「わからないから、私は試してみたいんですよ」

ママが、冷静な口調でいった。

私は、だんだん自分が子供で、ママが大人に見えてきた。

「井上さんとほかの二人は、繋がっていると思う?」

と、今度は、ママがきいた。

「わかりません。でも、井上さんは、ほかの二人にいわれて、私たちを尾行して、ここにきたのかもしれませんね」

「いいところを見ているわ」

と、ママが、私を褒めた。

雪がやむと、金木の町では、いっせいに、雪かきが始まった。

金木は青森の小さな町で、太宰治の生まれた町だ。同時に、今は観光の町でもある。

だから、雪かきは、そこで暮らす人々にとって、生活のためであると同時に、訪れる観光客のためでもあるのだ。

もう一日、滞在することが決まったので、私は、ママと一緒に旅館を出て、金木の町を歩いた。

私は、金木にきたのは、三回目である。最初に同人全員で、自分たちの好きな太宰治の生家を見にきた。二回目は、菊地順二さんが突然、金木で自殺した時。そして、今回。

私も作家志望のはしくれだから、普通の人よりも、金木の町や金木の人々を深く見ているつもりだったが、ママには、かなわないと思った。いや、思わされた。

金木の町を、私なんかより何倍も強く、作家の目で見ていることがわかった。

（この女性は、何回もこの町にきている）

と、私は確信した。

それも、ただきているだけではなく、作家の目で見ているのだ。

（間違いない）

と、私は確信した。

（この人は「北風」のこと、同人同士の確執や同人の自殺や、その舞台になっている金木の町を、小説に書くつもりなのだ）

ママが昔、小説を書いていたことは、しっている。その作品も読んだことがある。

しかし「北風」の支援を始めてから、今日まで小説を書いている気配はなかった。

それなのに、なぜ突然、書く気になったのだろうか？

私たち同人を見ていて、書きたくなったのだろうか？

それとも、突然、忘れていた作家の気持ちを、取り戻したのだろうか？

町なかのそば屋に入る。

六十代の主人と、その娘らしい二十代後半の女性と、二人だけの小さな店である。

「ここは、奥さんとご主人の二人でやっていたんだけど、その奥さんが突然亡くなって、一時、店を閉めていたんだけど、また始めたのよ。奥さんを偲んで出すようになった『めおとそば』が評判になっているから、私たちも、それを頼んでみましょうよ」

と、ママがいった。

「どうして、そんなことまでしっているんですか？」

と、私はきいた。きかざるを得なかったのだ。

ママは笑って、

「単なる好奇心」

と、いったが、私の確信は、ますます強くなった。

「同人の皆さんも、この店にきたことがあるんでしょうか？」

と、私がきくと、

「まだ気がつかない？」

「何がですか？」

「あなたの背後に、作家の色紙が貼ってあるわ」

私は慌てて振り返った。

確かに、そこに三枚の色紙が並んでいた。どこにでもよくある色紙である。

〈ここのそばには、太宰の匂いがする〉

〈旅の楽しさは、そばの美味さだ〉

どちらも、よくしられた作家の名前だった。三枚目の色紙には、

〈太宰治も、この店のそばを食べたのだろうか？〉

と、書いてあって、そこには菊地順二の名前があった。

日付がないので、いつ書いたのかはわからない。

ママは、小さなカメラを取り出して、その色紙を撮っていた。

第八章　遺　書

1

同人雑誌「北風」は、解散することになった。

同人は、たった五人だった。援助者は、一人。〈くらげ〉のママと流行作家の小沼圭介。それでよく十年も続いたものである。

十年間の収穫として、同人のひとり、菊地順二がF賞を受賞して、初めて同人から、プロの作家がうまれそうだと期待されたのだが、菊地順二は、何の理由もいわずに、太宰治の故郷、金木で突然、自殺してしまった。

こうなると、菊地順二に続く者も、残りの同人のなかには見当たらず、十年目を迎えた今、約束どおり、解散したほうがいいのではないか？　大石俊介がいい出し、それに反対する者もなかったのである。

どこで解散式をやるかで、少しもめた。金木でやろうというものもいた。

「そうすれば、菊地と一緒に解散式をやれるじゃないか」

と、いったのは、井上昭だった。

しかし、それに賛同する者は、ひとりもいなかった。

「菊地さんに、解散を報告するのだったら、各自が好きな時に、金木にいったほうがいいと思う」

と、岸本はるかが、いった。

これには誰も反対しなかった。同人たちと菊地順二との関係は、ひとりひとり違っていたからである。

その結果、解散式は、いつも会合で世話になっている、カフェ〈くらげ〉でやることに決まった。

「北風」の解散をきいて、小沼圭介が、百万円を寄付してくれた。もちろん、百万円は「北風」に対するものではなくて、自分の娘、山崎晴美への援助ということなのだろう。

この百万円で「北風」一号と最終号の合本を百部作ることにした。それを、十年の間に世話になった人や、評論家に贈呈するつもりである。

解散の日として、十一月一日が選ばれた。

この日〈くらげ〉のママは、店を臨時休業にしてくれた。

しかし、ママは、店内によけいな飾り立てをしなかった。店の入り口には、刷りあがったばかりの「北風」一号と最終号の合本が積み重ねられ、今までの会ではアルコールは置かなかったのだが、今日は特別に、ビールやワインと日本酒も用意された。

解散式が始まる前に、ママが、みんなに向かって、いった。

「今日は、五人分の布団を用意しましたからね。いくら飲んで酔っ払っても大丈夫ですよ」

その言葉で、パーティが始まった。

最初は、静かに始まったが、ひとりが歌い出すと、急に賑やかになった。

ちょうど、店の入り口近くにいた山崎晴美は、入り口のベルが鳴ったので、ドアを開けた。

入り口には〈本日臨時休業致します〉と書いた貼り紙を出しているので、おかしいと思って顔を出したのだが、そこにいたのは郵便配達員だった。

「こちらは、カフェ『くらげ』さんですね？」

と、きく。

「ええ」

「配達時間指定の郵便物です。現在十一月の一日の午後四時、指定時刻に届けましたから、受取印をお願いします」

と、若い配達員が、生真面目な顔で、いう。

山崎晴美が、奥に向かって、ママに伝えると、

「入り口の棚に、印鑑が置いてあるから、押しておいて」

という返事が、返ってきた。

なるほど作りつけの棚に、箱に入った印鑑があった。それを使って、小包を受け取ると、

「何が送られてきたの？」

と、奥からママが、きいた。

「大きな封筒に入っていて、中身は、わかりません」

「それなら、封を切って調べてみて。今日は、大事な『北風』の解散パーティだから、それに関係のないものだったら、そこに置いておけばいいから」

「わかりました。調べてみます」

山崎晴美は、大判の封筒を開封して、中身を調べ出した。

それは、分厚い原稿用紙の束だった。パソコンで打たれた文字が並んでいる。

山崎晴美は、それを見て呆然となり、一枚目に書かれた文字を眺めていた。

「山崎さーん」

と、ママが、大声で叫んだ。

「何だったの?」

「――」

「みんなでわけられるものなら、ここに持ってきて」

「――」

「どうしたの?」

ママがきき、岸本はるかが、奥から出てきた。

岸本はるかは、顔を合わせるなり、

「ママさんが、重いものなら二人で持ってきてくれって」

「重いものじゃありません」

と、山崎晴美は、分厚い原稿を、岸本はるかに手渡した。

「何だ。原稿じゃないの？」

と、岸本はるかは、笑った。

「でも、うちらの『北風』は今日で終わりだから、丁重に事情を説明して、返却するより仕方がないわね」

「表紙の文字をよく見て下さい」

「えーと。『遺書』がタイトルで、著者の名前は、平沼次郎《ひらぬまじろう》になっていますけど、きいたことのない名前だから、初めての投稿みたいね」

「平沼次郎は、菊地順二さんの本名のはずです」

「えっ、そうだったかしら？　彼は、いつも菊地順二だったけど」

「間違いありません。何かの時に、菊地さんの本名をしって、本名のほうが作家らしいんじゃありませんかといって、怒られたことがありましたから」

「大変だわ！」

岸本はるかが大声をあげると、奥から同人たちがぞろぞろ出てきて、大騒ぎになった。

2

平沼次郎が、菊地順二の本名だとしらない同人もいる。菊地が、菊地順二のペンネームで、ずっと押し通していたからである。

作品はもちろん、実生活でも、菊地順二という名前を本名のように使っていた。つまり、作家、菊地順二は無名だったのだ。

好意的に見れば、作家になってやるぞという覚悟でも、あったといえるかもしれない。

だから、同人のなかには、菊地順二が本名で、小説を書いていると思っていた者もいた。また、菊地順二の遺書があったことに、戸惑う者もいた。

「遺書」の最後のページを見て、井上昭が、いった。

「終わりのところに、一年前の三月五日と日付が書いてある。そのまま信じれば、菊地は、この日にこの遺書を書いてから、金木で自殺したことになるな」

「それじゃあ、この遺書を一年以上、どこに置いておいたんだ？」

と、大石俊介。

「たぶん、菊地は、誰かにこの遺書を預けて死んだんだ。そして『北風』が消える時がきたら、同人たちに見せるようにと、頼んだんだよ」

「なぜ、そんな面倒くさいことを頼んだんだ？」

「おそらく、この遺書を読めばわかるんじゃないのか。ひょっとすると、われわれ同人に対する恨みつらみが、書いてあるかもしれないな」

「それにしても、なぜ、そんなことを、菊地が書き残すんだ？」

「われわれは、彼が作家になるのを助けなかった。逆に、足を引っ張っていた。だからだと思うね」

「それよりも、誰がこれを預かっていて、わざわざ解散の日に送りつけてきたのか、それをしりたいわ」

と、岸本はるかが、いった。

「今日、この店宛に送りつけてきたんだから、私たちのなかの誰かひとりに、決まっているよ」

「それに、配達の人は、時間指定があったといっていました。今日の午後四時です」

と、山崎晴美が、つけ加えた。

「それなら、ますます同人のひとりが送ったと、いうことになるよ」

と、井上昭が、声を大きくした。

「菊地さんには、好きな女がいたのかしら？」

と、岸本はるかが、いう。

「そんな人がいたとしたら、遺書を渡してから、金木にいったのかもしれないわ」

「しかし、その人物はなぜ、一年以上経った今、菊地の遺書を送りつけてきたんだ？」

「それも、この遺書を読んでみれば、わかると思う」

「もうひとつ、なぜ、ここに送りつけてきたんでしょうか？」

と、山崎晴美が、きいた。

「それは簡単ね」

と、ママが、笑った。

「おそらく『北風』の連絡先を、途中から私の店にしていたからじゃないのかしら。皆さん、よく引っ越しするからといって。だから、同人の人たちに小包を送ろうとすると、連絡先になっている、私の店になってしまうんじゃないの」

「そうなら、この遺書は、個人宛じゃなくて、同人全員宛だね」

「そうなると、ますます同人に対する恨みつらみの、可能性が強いね」

「読むのが怖いね」

「でも、読んでみましょうよ。どんな気持ちで、彼が、この遺書を書いたかがわかるでしょうから」

「ひょっとすると『遺書』という小説かもしれないぞ。そうなれば、菊地順二の最後の作品になるんだ。そして、それは同人雑誌『北風』の最後の小説にもなる。売れるかもしれないな」

そんな勝手なことを口にする者も出て、やっと原稿の一ページ目を開くことになった。

3

〈これは、私の遺書である。最初に、こんなことを書くのは、ひょっとして『遺書』という小説だと思われてしまう恐れがあるからである。

今日三月四日、これからいままでの同人雑誌のこと、同人のことを思い出しながら、ゆっくりと書いていきたい。それがすんだら、明日三月五日、金木にいって、自分に決着をつけるつもりでいる。

どうして、こんなことになったのか、それを考えながら、これまでを振り返ってみたい。

私は、いや、私というより俺といったほうがぴったりくる。下町の貧乏人のひとり息子として生まれた。父親は、酒飲みの女好きで、家を空けていることが多かったし、母親は、いつもぶつぶつ文句をいいながら、コンビニで働いていた。が、悲しかったのは、母親を一度も美しいと思ったことがなかったということだった。

俺が高校を卒業した時、両親が相次いで亡くなった。正直、ほっとした。だらしのない父親とも、一度も美しいと思ったことのない母親とも、縁が切れたからだ。

ひとりになった俺では、サラリーマンにもなれず、アルバイト的な仕事を続けた。その頃の俺は、作家になる気はなかったが、太宰治のファンだった。

何といっても、太宰治の自虐的な文章が好きだったのだ。それに、何回か心中を図り、最後に死んでしまった破滅的な人生も、俺は好きだった。何となく、俺も同じようなことになるのではないかという、予感のようなものを感じていたからだ。

そう感じると、俺は、無性に太宰治のような作家になりたくなった。しかし、自信などまったくなかった。何しろ、小学校の時の作文は、教師から「何を書いているのかがわからない文章だ」といわれ、高校時代に書いた太宰治の作品の感想文は「荒っぽすぎ、繊細な太宰治作品の冒瀆」と、いわれてしまったからだ。

それでも、作家になろうと思い、小さな同人雑誌「北風」の同人になったのは、自信があったからではなく、ほかにやりたいことがなかったからである。

この時から同人生活が始まったのだが、俺は最初、ほかの同人の才能が羨ましかった。それでも、太宰治と同じ作家への道が始まるのだという嬉しさがあった。

もうひとつわかったのは、それぞれ才能があるというのに、同人たちが半分真剣、半分遊びということだった。

それでだろうか、同人のなかにはカフェ〈くらげ〉での会合で「別に作家にならなくてもいいんだ。同人生活を楽しめればそれでいいんだ」

と、自分からいう者もいた。

俺は、正直、その余裕にびっくりすると同時に、羨ましくもあった。その同人の才能は、自分よりはるかに上だった。

俺としては、とにかく書く以外になかった。だから、とにかくひたすら書いた。

へたくそだということは、自分でもよくわかっていた。発行の前月末が締め切りになっていたから、その頃に、同人たちの作品が集まるから、俺の作品は弾き飛ばされて「北風」には載らないだろうと覚悟していた。

ところが、作品が載せられたのだ。俺は驚いた。ほかの同人は会費を払っているのに、なぜ、書かないのか、わからなかった。

同人雑誌の費用は、ただではない。それなのに、締め切りに書いてこない同人がいることが、俺には不思議で仕方がないのだ。趣味で同人生活を楽しんでいるのか。それなら、なぜ、同人になっているのか。

俺は必死で、五十枚から八十枚の作品を書いた。「北風」に載らないのを覚悟して書いたのだが、ほかの同人の余裕というか、必死さのなさのおかげで、毎回のように「北風」に載せてもらえた。

不思議なもので、続けて載せてもらっていると、自信がついてくるし、うまくなっていくのが自分でもわかるようになった。

最初、俺の作品は、同人たちから好評だった。その批評は、だいたい同じ調子で「未熟だが、一生懸命さに好感が持てる」といったものだった。

それが、一年、二年と経つにつれて、俺に対する同人たちの批評は、底意地の悪いものになっていった。

俺は、ぞくっとした。変に褒められるより何倍も嬉しかった。やっとほかの同人たちが、まともに俺と競争する気になってくれたからである。

そのことが、一番鮮明に現れたのは、井上昭だ。この男は、典型的な文学青年に見える。いわゆる名作といわれる小説、日本のものだけではなく、外国のものも数多く読んでいて、批評もしてみせる。

俺は、太宰治以外、世界の名作と呼ばれるものも、日本文学もほとんど読んでいなかったから、井上昭から、

「これぐらいは読んでおかないと、作家へのスタートラインにも立てないよ」

と、脅かされ、俺は慌てて、区営の図書館にいき、井上昭のいう小説を読み始めたのだが、途中でやめてしまった。今から、そんなにたくさんの名作を読むのはまず不可能だし、俺から見ると、どんな名作も、太宰治に比べれば魅力がなか

ったからだ。

それに、井上昭が書いた作品を読むと、とても世界、あるいは日本の名作が生きているというふうには、どうしても思えなかったからだ。

岸本はるかも、井上昭に似ているところがある。一年間、井上と同棲していたことを、時々口にする。それを自分にとっては失敗だといっているが、彼女にしても、井上にしても、それが自慢なのだ。

文学青年、文学少女にとって「貧しいというか、若さはあるが、金のない時代の同棲生活はひとつの証明《あかし》」みたいに思い、だから、二人とも、ひそかな自慢なのだとわかってきた。

もちろん、俺だって同棲生活をしてみたかったが、アルバイト的な仕事しかしてこなかったから、まず、同棲生活は無理だと思っていたし、同棲しなくても、女とつき合えると思うようになっていった。

それに、井上昭と岸本はるかの様子を見ていると、彼らの書く小説に、一年間の同棲生活が生きているとは、とても思えなかったからでもある。

この二人より、俺は、すこし遅れて同人になった大石俊介のほうが、きらきら光る才能の持ち主のように見えた。

とにかく才走っていた。何人かの有名作家の文章を真似て、掌編小説を書いてみせた時は、俺は脱帽した。

俺は、相変わらず金がなかったが、大石は、なぜか、いつも金を持っていた。最初は、いったい、どんな仕事をしているのだろうかと、不思議だったのだが、そのうちに、彼自身が、売れっ子作家、小沼圭介の代作をしていることを、自慢げに話すようになった。

しかも、秘密めかして話すのだ。俺は、別に羨ましいとは思わなかった。俺が目指しているのは、太宰治のような作家で、小沼圭介ではなかったからだ。

この頃から、小沼圭介が、俺たちの「北風」を経済的に援助してくれるようになった。同人のひとり、一番若い山崎晴美が、小沼の実の娘だったからだ。

随筆集の印税をくれたりするだけではなく、彼は、自分が責任編集して発行している雑誌「小説倶楽部」に「北風」の同人たちの作品を載せてくれて、原稿料も払ってくれるのだ。

すべて、娘の山崎晴美のためなのだろうが、彼女よりほかの同人のほうが、その恩恵を受けているような気がする。

俺は、一度も「小説倶楽部」に、自分の作品を載せてもらおうと思ったことはなかった。

俺自身、少しずつ自分の作品に自信を持ち始めていたし、目標をF賞に定めていたからだ。F賞は、新人作家を目指す人間の一番の目標で、その上、これを受賞すると、書き下ろしの長編を書かせてくれて、それを出版してくれるのだ。すでに長い歴史を持っていて、歴代の受賞者には、それ一冊で作家としての地位を手に入れた者もいた。

俺は、何度も太宰治の作品を読み返し、今まで以上に夢中になって、小説を書いた。二次予選まで通るようになり、自信も持つようになると、それまで俺に優しかった同人たちが、急に厳しくなった。

井上昭は、

「最近の菊地の作品は、太宰の真似というより、資料に近い」

と批評し、岸本はるかは、

「以前の菊地の作品は、へただが純粋だった。最近の作品は、悪達者になっている。それを進歩だと考え違いをしているらしい」

と、書いた。

一番、辛辣だったのは、大石俊介で、

「菊地の変貌は、すさまじい。真似が私よりもうまくなった。私の仕事を安心して譲れそうだ」

と、書いた。

若い山崎晴美は、

「父は、たくさんの書き下ろしを抱えて困っているから、その仕事を、菊地さんに回すようにいいましょうか？」

と、俺に、そういうのだ。

ひょっとすると、彼女の言葉が、一番辛辣だったかもしれない。

これが、同人になった頃なら、自分に自信のない俺は、どうしていいかわからなかっただろうが、今は平気だった。とにかく、F賞のことだけを考えることにしていた。

そして、ついに、そのF賞を受賞することができたのだ。

賞金は百万円だったが、俺はもちろん、長編を書けば、一冊は本にしてくれる。そのことに賭けていた。

F賞は短編賞だから、授賞式は簡単なものだった。ただ、その時編集長から、

「このF賞の受賞者には、書き下ろしの長編を書いてもらい、それを出版するこ

とになっています。今まで何か書いたものがありますか？」

と、きかれ、俺は、あたふたしてしまった。

編集長がいうには、今までの受賞者は、それまでに書きためたストックがあって、すぐに、その原稿を持参してきたものだというのである。

俺も毎回「北風」に作品を書いてきたが、すべて短編だった。

「とにかく、来年の今頃、新しい受賞者が生まれますから、それまでに本を出さないと、忘れられてしまいますよ」

と、編集長は俺を脅し、さらに、

「原稿がなければ、どんなものを書くつもりなのか、それだけでもしらせて下さい。そうですね、一週間以内に」

俺は、どうにも追いつめられたような気分になった。実はこのあと、十日間の仕事を引き受けていたからだ。

軽井沢《かるいざわ》の別荘を、避暑に備えて掃除し、調度品もすぐに使えるようにしておく仕事だった。

金になる仕事だったし、俺のほうから頼んで手に入れた仕事なので、こちらから断るわけにはいかなかった。

翌日から、俺は、軽井沢に出かけた。編集長は、一週間以内に、何を書くのかをしらせてくれといったから、何とか軽井沢で、長編を書く題材を見つけようと考えていた。

受け持った別荘の数は五軒。奥軽井沢なので、広い別荘が多く掃除には、時間がかかる。

なかなかゆったりとストーリーを考える時間的な余裕がなかった。

それでも、一週間目に、軽井沢を舞台にしたストーリーを考えて、編集長に電話をしたのだが、なぜか彼の反応がおかしかった。

「菊地順二です。書き下ろし長編小説の原稿の件ですが」

と、俺が、いうと、

「もういいですよ」

と、いうのだ。

「何のことですか？」

「菊地さん。ちゃんと書きためた原稿があったじゃありませんか」

と、編集長が、いう。

「原稿？ いったい何のことですか？」

「原稿ですよ。昨日届きましたよ。さっそく読ませてもらいましたが、素晴らしい出来栄えですよ。繊細で、大胆。念のために、評論家のK先生にも読んでもらいましたが、K先生も絶賛してました。本年度のR賞の有力候補になるだろうといっていましたよ」

「ちょっと待ってください。私は、まだ原稿を送っていませんが」

「ほかにも、まだ原稿があるんですか？　でも、これで充分ですよ。F賞から一流作家になった人は、今までに八人いますが、間違いなく、菊地さんは九人目になりますよ。とにかく、これから入稿して、すぐゲラ刷りにします。私は、F賞の担当をしていてよかったと思いますよ」

編集長は、ひとりで早口で喋り、電話を切ってしまった。

すぐには、編集長が話していたことがのみこめなかったのだが、落ち着いてくると、何とかわかってきた。誰かが、俺が前に書いた原稿を書き直し、出版社に送りつけたらしいのだ。その作品が素晴らしいので、編集長が喜んでいるらしい。

俺は、もう一度、編集長に電話した。

「菊地順二です」

と、軽い口調で、いってから、

「私の長編小説の原稿が、そちらに届いたということなんですね？」

「ええ、そうですよ。昨日の午前中に、小包でね」

「私の名前になっているんですか？」

「もちろん、菊地順二です。新しいペンネームにしたいのですか？」

「パソコンで打った原稿ですか？」

「ええ。菊地さんは、F賞を受賞した時の原稿も、たしか、パソコンで打った原稿でしたよね？」

「差出人の住所と名前は、間違っていませんか？」

「世田谷《せたがや》区代田橋《だいたばし》三―一―七、代田アパート二〇五、菊地順二になっていますよ。間違っていますか？」

「いや、合っています」

「どうしたんですか？　まさか同じ原稿をコピーして、ほかの出版社に渡したというんじゃないでしょうね？」

「いいえ、そんなことはしていません」

「こちらとしては、一刻も早く出版したいんですよ。いいですね？」

また、編集長のほうから、電話が切られてしまった。俺は、少し落ち着いて、考えてみるようになった。

（いったい誰が、こんな悪戯をやったのか？）

俺の受賞作が載った雑誌は、すでに書店の店頭に出ている。俺のプロフィールも出ている。

同じ雑誌に、次回のF賞募集についても出ていて「受賞者には単行本を一冊、出すことを約束します」とも書かれている。

つまり、今月の雑誌Sを買えば、この妙な悪戯は、誰にもできるのだ。

今回のF賞の応募者は、九百二十六名だったとある。俺が受賞したということは、九百二十五名が落ちたということなのだ。

その九百二十五名のうちのひとりが口惜しがって、今回のような悪戯をしたとでもいうのだろうか？

（可能性はある）

と、思ったが、この考えを、俺はすぐに捨てた。

そして「北風」の同人のひとりに違いないと、俺は考えた。同人たちの嫉妬の強さをしっていたからだ。

俺は、同人たちの顔を思い浮かべた。

井上昭、岸本はるか、大石俊介、山崎晴美。

このなかに、犯人がいるに違いない。一番若い山崎晴美は、除外してもいいだろう。

小沼圭介の娘の彼女が、有名になりたければ「北風」を出て、父親のもとにいけばいいのだから。

残りは三人。そのなかのひとりを決める前に、俺は、犯人の目的について考えてみた。

犯人は、俺の名前で原稿を送っている。本が出ても、著者は俺だから、犯人にとって何の得にもならないではないか。

いや、犯人の企みは、もっと底意地の悪いものかもしれない。

俺の名前で、本が出る。編集長が絶賛しているから、売れれば俺の名声があがる。

そういう状況を作っておいてから、犯人は、あれは、自分が書いたものだと、証拠を持って名乗り出る。そうすれば間違いなく、俺の評判は、がた落ちだ。

もしかしたら、こんなことを考えたのだろうか？

しかし、井上昭、岸本はるか、大石俊介が、今までに書いてきたものを思い浮かべても、編集長が称賛するような小説を書けるとは、とても考えられなかった。

ただ、条件をつければ、考えられなくもないと、俺は思った。

問題の長編の原稿が、実は、有名作家が若い頃に同人雑誌に書いたものだとすれば、あり得ないことではない。

多くの人は、そんな作品の存在などしらないからである。太宰治の作品だって、同人雑誌に若い頃に書いたものがあれば、その作品の存在をしる者は少ないだろう。

俺は、そんなことを考えながら、次の「北風」の会合に出席した。何としてでも、犯人を捕まえたかったのだ。このままでは、俺の名誉が傷つく恐れがあったからだ。

会合には、同人全員が顔を出した。

「F賞おめでとう」

と、いう同人もいれば、黙ったまま、何もいわない者もいた。

〈くらげ〉の店内には、

〈菊地さん、F賞おめでとう〉

の大きな飾りがつけられていた。

（本当に喜んでくれているのは、ここのママだけか）

と、俺は思った。

「有名作家だって、新人の頃があったんだし、さらにいえば、ただの文学青年、あるいは、同人雑誌の頃があったわけだろう。どんな小説を書いていたのかしりたいね」

俺は、そういって、同人たちの顔を見回した。特に、井上昭、岸本はるか、大石俊介の顔をである。

「菊地がF賞をもらって、有名作家になったとすればだ」

と、井上昭がいった。

「菊地が、同人になったばかりの頃に書いたものを読んだら、これでよくF賞がもらえたなと、みんなびっくりするんじゃないか」

相変わらずの皮肉だった。

「君たちは？」

俺は、岸本はるかと大石俊介の顔を見た。

「そんなことが大事なのか？」

と、大石俊介は俺を見返した。

「私は、へたな人もうまい人もいると思うけど、菊地順二を見ていると、へたでも努力すれば、F賞がもらえるんだなって思ったわ。私の感想は、それだけ」

と、いったのは、岸本はるかだった。

俺は、ますます同人の誰かが、あんな悪戯というよりも、犯罪をやったのだと確信した。何としてでも、犯人が、いったい何の目的であんなことをやったのか、しりたいと思った。

だから、翌日、出版社に出かけて、編集長に会った。向こうは、相変わらず嬉しそうな顔で、俺を迎えた。

「問題の原稿を見せてくれませんか？」

と、俺は、頼んだ。

「問題の原稿じゃなくて、菊地順二の原稿でしょう？」

と、編集長は、いいながら、五百枚を超す原稿を見せてくれた。

〈私の小さな履歴書　菊地順一〉

と、ある。

俺は、二、三枚に目を通した。

(俺の文章ではない)

と、まず思った。

「違いますね」

と、俺がいうと、編集長は、相変わらずにこにこ顔で、

「初めて本になるというので、緊張したんじゃありませんか? こちらの文章も味があっていいですよ」

と、いうのだ。

あまりにも褒めちぎるし、あまりにも嬉しそうにしているので、俺は、この原稿は、自分のものではないと、いいにくくなっていった。

「編集長は、有名作家が若い時、無名の時に書いたものを、読んだことがありま

すか?」

と、俺はきいてみた。

「ええ、もちろんありますよ。そんなに多くじゃないですが、何人かの昔の作品を読んだことがありますよ」

「この原稿ですが、それらの作品と似ていませんか?」

俺がきくと、編集長は、ひとりでうなずいて、

「なるほど、ほかの作家の作品に似ているかを、心配しているんですか。それなら大丈夫ですよ。私のしる限り、誰の作品にも似ていないし、有名作家の若い時の作品にも似ていませんよ」

と、いうのだ。

「強いていえば、誰々の作品に似ているということはありませんか?」

「それもありませんよ。大丈夫です。素晴らしい作品ですよ」

「一応、家に持ち帰るというわけにはいきませんか?」

「構いませんが、持ち帰って、どうするんですか?」

「もう一度、読み直してみたいのです。ストーリーにおかしなところがあったら、直しておきたいので」

「おかしいところなんて、どこにもありませんでしたよ。どうしてもというのなら、明日にでもコピーして、お渡ししますよ。私としては、一刻も早く本にしたいのでね。こんな気持ちになるのは、本当に珍しいことなんですよ」

俺は翌日、もう一度編集長に会い、コピーしてくれた問題の原稿を受け取った。

アパートに持ち帰って、もう一度、五百枚を超す原稿と向かい合った。ずっしりとした重みである。

(これは、同人の誰かが、仕かけた罠なのか?)

それでも、俺は、読んでみることにした。編集長が絶賛したからである。

最初は、飛び飛びに読んでいた。感心するものかという、身構える姿勢があったからだが、正直に書けば、途中から俺は、この得体のしれない小説に引きずりこまれていったのだ。それも、優しく、美しく、この小説の世界に連れていかれてしまった。

ストーリーは単純だ。瀬戸内《せとうち》の小さな島で育った多感な少女がいた。そこには、二冊の本しかなかった。勇ましい戦争の話の本と、恋愛小説の本だった。

少女は、その本を繰り返し繰り返し、何度も読み、その小説を書いた作家に漠然とした恋をした。

十代で島を出た娘は、都会で偶然、その作家に会う。実際の作家は、つまらない中年男だったが、それでも少女は恋をしてしまう。

夢と現実の差を、時には冷酷に、また時にはユーモアを交えて書いていく。

そのうまさに、俺は圧倒された。読み終わった時、俺は、不思議な気がしていた。

俺は、誰かが俺をからかうか、陥れようとするために、俺の名前を使って、へたな小説を押しこんだのだろうと考えていた。編集長は、褒めていたが、俺は信じなかった。

そんなに優れた小説なら、俺の名前を使わずに、自分の名前で本にしようとするはずだと、思ったからだ。

しかし、問題の小説を読んで、この作家の気持ちがわからなくなってしまった。

冷静に見て、俺の小説よりはるかに優れている。それなのに、俺をからかうために、こんなことをした作者の気持ちがわからなかったのだ。

俺は、編集長に、事実を打ち明けようとしたが、やめた。あまりにも読んだときのショックが大きくて、怒りよりも、この作者が誰なのか、それが、どうしてもしりたくなったのだ。

誰が書いたのかわかったら、俺は、ぶん殴るよりも先に、まずその小説を褒め、小説というものについて、語り合いたかった。こんな気持ちになるのは、久しぶりというよりも、初めてのことだった。「北風」の同人の小説を読んでも、こんな感想を持つことはなかった。

4

ここまで書いてきて、俺は、次第に遺書らしくなくなっていることに狼狽している。

「北風」の同人時代について、書いているうちに、何しろ長い時間なので、いろいろと思い出に耽ってしまうのだが、自殺の決意だけは変わっていない。

それを証明したいので、遺書に戻ろう。

この頃、俺は、F賞をもらったにもかかわらず、自信を失いかけていた。

それはすべて、この奇妙な作品のせいだった。有名作家が、俺の名前で、こんなことをするはずがない。たぶん、無名の作家だろうが、俺は、その素晴らしさに圧倒された。

「北風」同人九年近くの努力も、F賞の受賞も吹き飛んでしまった。

このまま、何とか作家の端くれにいることができても、きっと、この長編小説の見事さに、悩まされ続けることだろう。

編集長が、カメラマンを連れてきた。

「社のほうでも、菊地さんを大々的に、売り出すことが決まりました。F賞受賞者では、いままでになかったことですよ」

と、編集長がいい、カメラマンが、何枚も俺の写真を、撮っていった。

「批評家の先生方に確認したのですが、菊地さんのその小説が今年中に出れば、今年のR賞の候補にあがることは間違いない。それに、今までに発表された小説のなかには、これはという有力な候補作がないので、受賞も間違いない。久しぶりにF賞とR賞のダブル受賞者がでるのではないかと、先生方も興奮しておられるのですよ」

と、編集長自身が、やたらに興奮して、いった。

こうなると、俺は、ますます本当のことが編集長に話せなくなってしまった。

いや、ここまでくると、このまま俺の名前で本が出ることを、期待するようにもなっていた。

しかし、この小説に対する反響が大きければ大きいほど、俺の居場所がなくなることも覚悟した。だから、それまでに、俺は自殺していなければならないことも決めた。この長編小説は、ぜひとも世に出すべきだが、偽の作者の俺がいてはいけないのだ。

残念なのは、出版された時の反響を見られないことだった。

編集長が、会いにくる時は、いつもにこにこしている。

「こんな傑作を、私の担当で出すことができて、本当にラッキーですよ」

と、いい、くるたびに、あと何日で本が出ますよといって、帰っていく。

向こうは、好意と喜びでいうのだろうが、俺は、そのたびに、自殺する日が近づくのを、確認する気持ちになっていった。追いつめられていく。それが辛い。

俺は、そろそろ、この世におさらばする時だなと思った。自殺の理由は、自分の才能に限界を見たからにしておこう。

もうひとつ、編集長に、

「長編の出版には、慎重に」

と、書いておく。俺が死んだあと、どうなるかわからないからだ。すぐ、長編小説の作者が名乗り出てくるかもしれない。そうなれば、F賞の受賞者の俺は、歴代の受賞者のなかで、最低の評価を受けることになりそうだ。最後に「慎重に」と書いておけば、少しは、俺に対して配慮してくれるかもしれない、そう考えた。

俺は、三月五日に、太宰治の故郷、金木で自殺することに決めた。ストーブ列車に、もう一度乗りたい。だから、ストーブ列車が走っている間に、金木にいきたかった。

もうひとつ、この遺書は、ある人に預けていく。それですべての終わりになる。

三月四日　　菊地順一〉

5

同人雑誌「北風」は解散したが、なつかしさとほかにいくところもない両方の理由で、元同人たちは、時々、カフェ〈くらげ〉に集まっていた。

そんな時、F賞を主催する雑誌の本西明《もとにしあきら》編集長が、顔を見せることもあった。F賞は、すでに菊地順二が受賞しているので、本西編集長が顔を出すのは、預かっている長編の原稿を、本にするという条件のことのためだった。

それに、遺書のこともある。遺書自体は、どこにも発表されていないが、その中身は、本西編集長も読んでいたからである。

本西編集長としては、菊地順二は自殺してしまったが、例の長編小説は、どうしても出版したいのだ。ただ、菊地順二の遺書の文面が気になっていた。

それで、時々やってきては「北風」の元同人たちの意思をきいたり、自分の考えを伝えたりしているのだ。そんな本西編集長が、必ずする質問があった。

「菊地さんが自殺した理由は、何ですかね？　遺書には、自分の才能に限界を見たとありますが、それだけで自殺したとは思えないんですよ」

と、本西編集長が、いった。

「同感です」

と、元同人たちもうなずいた。

岸本はるかが、こういった。

「菊地さんは小説一筋で、女性には縁のない人だと思っていたんだけど、本当は、好きな女性がいたんじゃないかしら」

「同感。女性問題と、小説のことがあったから、自殺してしまったのかもしれないね」

と、大石俊介が、いった。

「菊地さんは、アパート住まいでしたね。そこで女性と同棲していたことはないんですか？」

本西編集長が、きくと、井上昭が、

「何回か、あのアパートにいってるが、女性の気配はなかったね」

「そうなると、同人の皆さんのなかに、ということになるんですかね？」

と、本西編集長が、いった。

とたんに、岸本はるかが慌てた感じで、

「私じゃありませんよ」

と、いった。

次には、山崎晴美が、

「私は、父のことで精一杯。それに、菊地さんは苦手でしたから」

と、いった。

とたんに、同人たちの目が〈くらげ〉のママに向けられた。

ママは、笑って、首を横に振った。

それを、本西編集長が、素早くスマホで写真に撮った。

（どこかで会ったことがある）

と、思ったのだ。

本西は、社に戻ると、自分の出版社と賞の関係を、資料を集めて調べてみた。

現在、F賞で有名だが、これは短編賞である。

以前は、長編のH賞も催していた。

しかし、いい作品がなかなか集まらず、受賞者なしが何年も続いたこともあって、十年前に廃止している。本西が編集長になったのは三年前からだから、このあたりのことはよくしらないのだ。

長編のH賞がなくなったあと、短編のF賞の受賞者に、長編を書いてもらって本にすることにしたのは、H賞の名残りといえるかもしれない。あるいは、それをH賞に代えたといっていいのか。

H賞は、十年前が最後である。この年も、受賞者なしだった。

本西は、その時に選考を担当していた前の編集長の遠藤《えんどう》に、詳しい事情をきくことにした。

遠藤は現在、定年退職をして、エッセイストとして仕事をしていた。同時に、遠藤は、本西の大学の先輩でもある。

本西は、遠藤のマンションを訪ね、H賞について話をきいた。

「十年前に、H賞の最後の応募があって、この時も受賞者なしだったんですね?」

「最後くらいは、受賞作が出てほしかったんだがね。残念ながら、それにふさわしい作品がなかったんだ」

と、遠藤が、いう。

「この時、幻の受賞作があったという話を、前にきいたことがあるんですが」

本西がいうと、遠藤は、笑って、

「その話ねえ。十年も前の話だし、いまさら蒸し返すというのも何だからね」

「それじゃあ、幻の受賞作というのは、本当にあったんですね?」

「ああ、あったよ」

「しかし、どうして、幻の受賞作なんですか?」

「H賞の締め切りは、毎年四月三十日ということになっていたんだが、その五日後に到着した原稿があったんだ。当然、選考対象外の作品だったのだが、それでも、選考委員のひとりが試しに読んでみたら、すごい傑作だといってね。吉田政《よしだまさ》彦《ひこ》先生がだよ。それで、私も読んでみた」

「それで、どうでした？」

「たしかに、大変な傑作だったよ。しかし、規則は規則だからね。それで返却した。それで、幻の受賞作といわれたんだよ。翌年もＨ賞があったら、そちらに回して、たぶん当選になったと思うんだがね」

「現在、他社にも長編賞がありますから、そちらに応募していれば、当選していたと思いますか？」

「ああ、おそらく当選していたと思うよ。たしかに、それぐらいの素晴らしい作品だったからね」

「なぜ、そうしなかったんでしょうか？」

「実は、私も返却する時、それをすすめる手紙を添えたんだが、その後、そうした形跡はないね」

「なぜ、他社に応募しなかったんでしょうか？」

「ひとつの推測として、Ｈ賞のＨは、浜田進作《はまだしんさく》先生の名前から取っていて、浜田先生自身も、選考委員になっている。それに、問題の小説には、浜田先生と思われる人物が出てくるから、作者は、浜田先生に読んでもらいたくて、H賞に応募したんじゃないかな。浜田先生が、ほかに選考委員をしている賞がないから、応募しなかったのではないかと、思ったりもしたんだがね」

「浜田先生は、去年亡くなっていますね」

「そうだよ。私は、自分の考えが当たっていたら、あの作品の作者は、あの作品をどうするんだろうと、思ったりしているんだがね」

「それで、問題の作者ですが、どんな人間なんですか？」

「女性で、応募の時の名前は、たしか、安西まゆみだったと思う。喫茶店、今はカフェというのか、そんな店をやっていたと覚えているよ」

「ひょっとすると、カフェ『くらげ』じゃありませんか？」

「ああ、そんな名前だったよ。どうして、君はしっているんだ？」

「実は、妙なことになっていて、困っているんです。うちのF賞が絡んでいまして」

本西は、F賞の受賞者、菊地順二のことと、その後送られてきた長編小説のことなどを、遠藤に話した。

「F賞の受賞者は男だろう。H賞に応募した作者のほうは、女性だよ。そのまま長編を出版したら、盗作になってしまう」

「ところが、F賞の菊地順二は、自殺してしまったのです」

「問題の長編小説は、安西まゆみというペンネームの女性が書いたものだよ。本名は、三村恵子だったかな」

「しかし、何度か『北風』の元同人たちと会った時に、三村恵子にきいてみましたが、彼女は、そのことを否定しているんです」

「それじゃあ、自殺した菊地順二が、勝手に彼女の作品を、自分が書いたものとして、送りつけたんだろう？」

「実は、二人は、ひそかに愛し合っていたと思われるのです」

「だからといって、彼女の書いたものを自作とするのは、明らかに盗作だよ」

「私が考えるには、彼女が、愛していた菊地順二のために、自分が書いた作品を、提供したのかもしれません」

「しかし、だからといって、別人の書いた小説を、本人の名前で発表すれば、完全な盗作だよ」

と、遠藤が、固いことをいった。

「作家同士の夫婦だったら、どうなんですかね？　夫婦でひとつのペンネームを使って、作品を発表したら、それは盗作じゃないでしょう？」

「F賞の受賞者は、独身で、自殺したんだろう？　夫婦のはずがないじゃないか」

「そこのところを調べたいと、思っているんですよ」

「いやに執着を持っているじゃないか」

「何とかして、あの小説を世に出したいと思いましてね」

と、本西が、いった。

自殺した菊地と〈くらげ〉のママ、三村恵子とは、どんな関係だったのか？

菊地が自殺してしまったので、彼から話をきくことはできない。したがって、今は三村恵子と、元の同人たちから話をきくしかない。

その三村恵子に会いたいのだが、なぜか〈くらげ〉は閉まったままで、彼女の行方はわからなくなっていた。

そこで、元同人たちにきいて回ったのだが、三村恵子の評判は、すこぶるよい。「北風」の会合場所として、店を喜んで提供してくれたし、いつも同人たちに優しかったという。

それに反して、菊地順二の評判は、よくなかった。

自分勝手である。「北風」に自分の作品を載せることには熱心だが、事務的な仕事は、ほとんど手伝わなかった。

つまり、つき合いが悪いので、彼と親しくしていた同人は、ひとりもいなかったというのである。

〈くらげ〉のママ、三村恵子と菊地順二が親しかったと告げても、信じられないとか、しらなかったという同人がほとんどだった。

菊地には、F賞を受賞してから、本西は何回か会っているのだが、たしかに無愛想な男である。

だが、本西は、あることに気がついた。

菊地順二が、H賞の選考委員だった浜田進作に、何となく似ているということにである。

死亡した時、浜田は六十八歳で、円満な性格になっていたが、菊地順二の年代には、無愛想で有名だったのだ。

三村恵子の書いた、あの小説などを読むと、彼女は少女の頃、浜田進作の作品に憧れていたと思われるのだ。彼女は、その浜田進作とよく似た、菊地順二に惹かれていたのかもしれない。

三村恵子が、菊地順二を好きになった理由が、わかってきた。

もちろん、菊地順二のほうも、彼女のことが好きになったと考えられるのだが、それなのに、なぜ、ひとりで自殺してしまったのかが、依然としてわからなかった。

ここにきて、菊地順二の遺書が突然出てきた。

これを読むと、問題の長編小説を読んでショックを受けたことが記されている。

しかし、それだけで自殺したとは思えなかった。

そこで、本西は、三村恵子の行方を追った。そのために個人で、私立探偵を雇った。そのうちに、カフェ〈くらげ〉が売りに出されていることがわかった。売り主は「――不動産」になっていたが、本当の売り主は、持ち主の三村恵子だろうと、本西は推測した。

しかし「――不動産」は、よほど厳しく口止めされているらしく、いくらきいても三村恵子の名前をいわなかった。

そこで本西は、私立探偵に一芝居打ってもらうことにした。買い手を装って、売り主をききだしたのだ。

その芝居が功を奏し、彼女が現在、瀬戸内の小さな島にいるということもわかった。

どうやら、あの小説に描かれたヒロインが、瀬戸内の小さな島に生まれたことは、事実のようだった。

本西は、すぐにその島に出かけた。

四国《しこく》の愛媛《えひめ》県の美しき伊予灘《いよなだ》の小さな港から船で、十五、六分の海に浮かぶ島だった。

現在の人口は、三百五十人だという。

東京を朝に出たのだが、その島に着いた時には、すでに夕方だった。夕陽が、おだやかな海面を照らして美しかった。伊予灘の夕陽である。

島の人々は、港の傍らに集まって暮らしていた。

三村恵子も、海辺の古びた家を改築して、そこに住んでいた。

三村恵子が、その家に十一、二歳の小女と二人で住んでいたことに、本西はまず驚いた。

本西が、いろいろと話したいことがあると、いうと、

「ちょうど眠いらしいので、寝かしつけてきます」

と、三村恵子がいった。

三村恵子は、小女を、隣の部屋に寝かせて戻ってきた。

「あなたの子供？」

と、きくと、

「いいえ、孫です」

と、答えた。

「まさか、菊地順二の子供じゃないよね？　菊地から子供のことは、まったくきいていなかったから」

「ええ、違います。娘が産んだ子です」

「しかし、東京でカフェ『くらげ』をやっていた時、子供はいなかったんじゃないの？　『北風』の同人たちも、あなたの子供のことは、誰もしらないから」

「今まで、その孫の親権は、娘とわかれた夫が持っていましたから」

「その人がいるのに、どうしてお孫さんは今、あなたのところにいるんですか？」

「来年、あの娘は、中学校にあがります」

「そんな年頃ですね」

「そうなんです」

「だから、親権が、娘さんに移ったんですか？」

と、いってから、本西は、あることに気がついた。

「彼女、耳がきこえないんです。生まれた時、お医者さんにいわれました。次第に耳がきこえなくなって、中学校にいく頃には、おそらく完全にきこえなくなるだろうと。それで、小学校までは夫が育て、そのあとは、娘ということに決めたのです」

「あなたは、大丈夫なんですか？」

「四国の松山《まつやま》に学校があるので、そこに孫を通わせて、私も松山に住むつもりです。それまで、この静かな島で、あの娘とまず親しくしようと思っているのです」

「菊地順二さんには、あのお孫さんのことは話したんですか？」

「いいえ」

「どうしてです？」

「菊地という人は、作家一筋の人なんです。ほかのことが考えられないというより、ほかのことを考えると、小説が書けなくなってしまう、そんな人なんです」

「なるほどね」

と、本西は、うなずいてから、改めて恵子の顔を見直した。

「ひょっとして、菊地さんは、あなたに結婚を申しこんだのではありませんか？

F賞を受賞したことを機に」

「――」

「だが、あなたは断った。あのお孫さんのことがあるのでね」

「――」

「彼によけいな負担をかけたら、彼が小説を書けなくなるのを恐れて、菊地さんの申し出を断った。違いますか？」

「――」

「だが、彼は、それを、自分があなたに嫌われたと思った。そうなんでしょう？

それで自殺してしまった？」

「帰って下さい」

カフェ〈くらげ〉が売れたと、本西はきいた。

値段は千五百万円。相場より安いらしいが、三村恵子は、あっさりとその値段で手放した。

粘ればもっと高値で売れたのにと「北風」の元同人たちは、みな残念がった。

恵子は、契約の時だけ東京に出てきたが、用事がすむと、すぐ四国に戻ってしまった。

ただ、それでも丸一日、三村恵子が東京にいたことがわかった。が、本西にも、何のために、彼女が一日だけ東京にいたのかは、わからなかった。

一カ月後、本西に、本が一冊送られてきた。タイトルは〈私の小さな履歴書〉で、著者は、菊地順二だった。あの長編小説である。

自費出版だった。

ページを繰ると「献呈　本西明様」とあって、封筒が挟んであった。

封筒の中身は、便箋一枚だった。

〈やっと、菊地順二の最初の本を出すことができて、ほっとしています。そして、彼の最後の本にもなるはずです。金木に立てられた彼の墓標に書かれた言葉ですが、あれは、私が全部消して、最後に、私が書いておいたものです。

彼の墓標を、ほかの人間に汚されたくなかったのです。これは、私の嫉妬かもしれません〉

新宿三丁目の雑居ビルで起きた、D大学文学部教授で文芸評論家の岡本裕三殺害事件は、文学青年で投稿マニアの吉野正治《よしのまさはる》という男が、自分の応募作品に対する岡本裕三の酷評に、強い怒りを覚えて恨みを抱き、犯行におよんだことを認めて、事件は解決した。

〔この作品はフィクションで、作中に登場する個人、団体名など、すべて架空であることを付記します。〕

本書は二〇一八年五月、小社より刊行されました。

双葉文庫

に-01-93

ストーブ列車殺人事件《れっしゃさつじんじけん》

2020年3月15日　第1刷発行

【著者】
西村京太郎《にしむらきょうたろう》

【発行者】
箕浦克史

【発行所】
株式会社双葉社
〒162-8540 東京都新宿区東五軒町3番28号
［電話］03-5261-4818(営業)　03-5261-4840(編集)
www.futabasha.co.jp
（双葉社の書籍・コミックが買えます）

【印刷所】
大日本印刷株式会社

【製本所】
大日本印刷株式会社

【表紙・扉絵】南伸坊
【フォーマット・デザイン】日下潤一
【フォーマットデジタル印字】恒和プロセス

落丁・乱丁の場合は送料双葉社負担でお取り替えいたします。
「製作部」宛にお送りください。
ただし、古書店で購入したものについてはお取り替えできません。
［電話］03-5261-4822(製作部)

ISBN978-4-575-52324-9 C0193
Printed in Japan

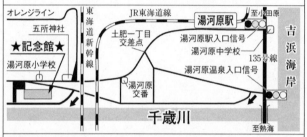

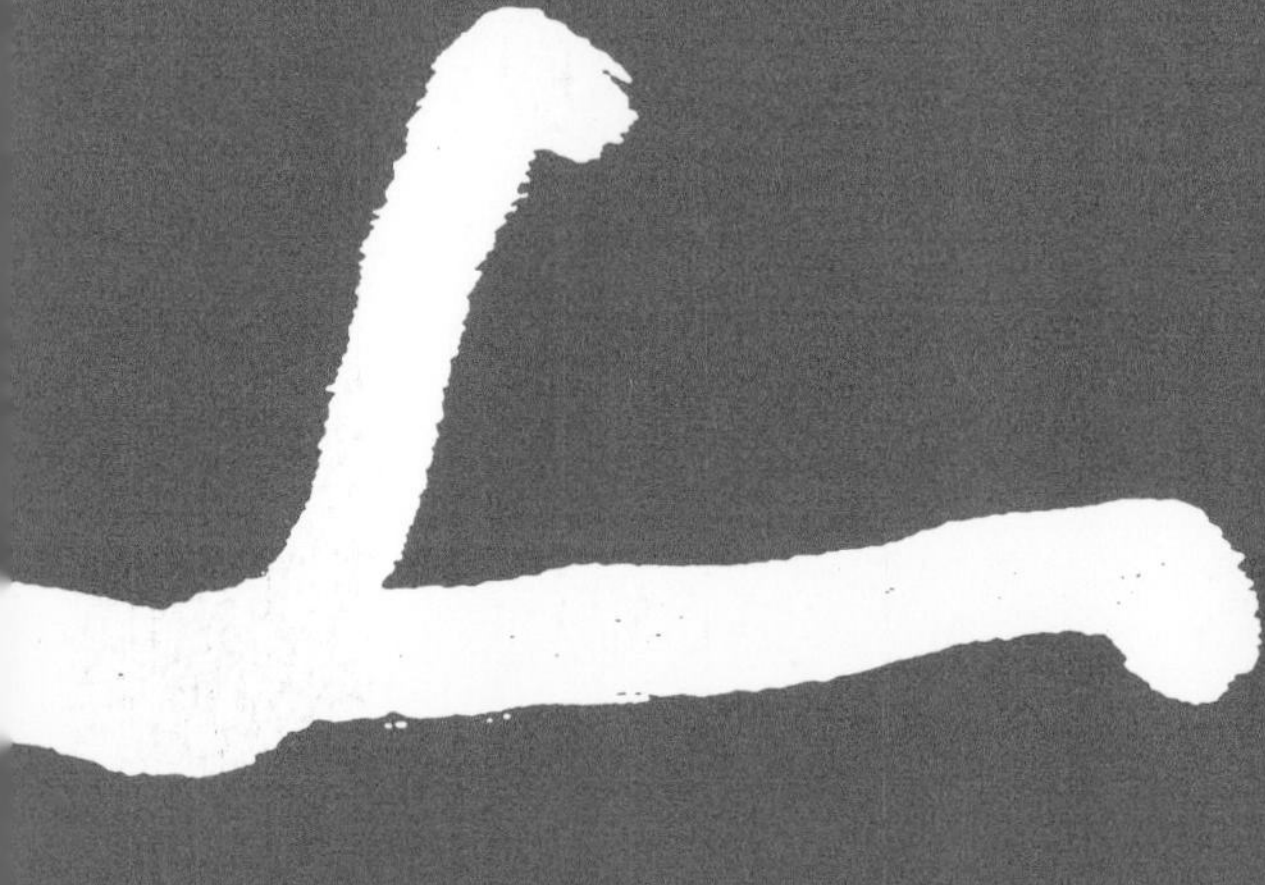